LIEV TRÓTSKI

ubu

APRESENTAÇÃO Leonardo Padura
EDIÇÃO Horacio Tarcus
TRADUÇÃO Letícia Mei

FUGA DA SIBÉRIA

7   *Trótski,*
      de perto e por dentro,
      na ida e na volta
      Leonardo Padura

19   *Nota do editor*
      Horacio Tarcus

26   *Itinerário de Liev Trótski*

29   À guisa de prefácio
33   **IDA**
81   **VOLTA**
151   Coda

154   *Glossário*
157   *Sobre o autor*

N.E.: nota de Horacio Tarcus
N.T.: nota da tradução

Trótski, de perto e por dentro, na ida e na volta

LEONARDO PADURA

Em agosto de 2020, quando se completaram oitenta anos do assassinato de Liev Davídovitch Bronstein, Trótski, pelas mãos do agente stalinista Ramón Mercader, recebi uma quantidade surpreendente de pedidos de entrevista, convites para escrever artigos e solicitações para participar de mesas-redondas sobre esse fato histórico. Ao mesmo tempo, chegavam até mim, de diferentes partes do mundo, especialmente de países latino-americanos, diversos materiais informativos dedicados a relembrar e analisar, com a perspectiva do tempo transcorrido, o crime de 20 de agosto de 1940 na casa do profeta exilado, na região administrativa mexicana de Coyoacán.

Que curiosidade histórica, que reivindicação do presente poderiam ter provocado aquele interesse renovado e intenso pela figura de Trótski quase um século depois da sua morte? Em um mundo globalizado, digitalizado, polarizado da pior maneira, dominado pelo liberalismo desenfreado e triunfante e, para completar, assolado por uma pandemia de proporções bíblicas que colocou (e ainda coloca) em xeque o destino da humanidade, qual seria a explicação para a expectativa de resgatar o destino de um revolucionário soviético do século passado que, certamente, foi o perdedor em uma disputa política e pessoal que se pretendeu encerrar com seu assassinato? O que poderiam nos dizer a esta altura – nestas coordenadas históricas e sociais – o crime de 1940 e a figura da vítima de um furioso golpe de picareta ordenado pelo Kremlin soviético? Trótski e seu pensamento ainda teriam o vigor, a capacidade de transmitir algo de útil para nosso turbulento presente, três décadas depois do fim da União Soviética que ele ajudou a fundar?

A constatação de que determinadas teorias, a política e a arte desses tempos ainda se sentem convocadas pelas peripécias vitais e pelos aportes filosóficos e políticos de Liev Davídovitch Trótski pode ter um primeiro corolário (e muitos outros). E essa primeira elucidação talvez afirme (ao menos penso eu) que, derrotado na arena política, o exilado tornou-se um vencedor maltratado na disputa histórica projetada para o futuro; desta última, ao contrário de seus assassinos, ele saiu como um símbolo de resistência, coerência e, inclusive, para seus seguidores, como a encarnação de uma realização possível da utopia. E esse processo peculiar aconteceu não apenas pela forma como ele foi assassinado, mas com certeza também pelos mesmos motivos que levaram Ióssif Stálin a liquidá-lo fisicamente, e os stalinistas do mundo inteiro a apagá-lo até das fotos, dos estudos históricos e dos relatórios acadêmicos. Um Stálin e alguns stalinistas que – é sempre bom repetir – não somente executaram a pessoa de Trótski e tentaram fazer o mesmo com suas ideias, mas também, a golpes de autoritarismo socialista, se encarregaram de liquidar a possibilidade de uma sociedade mais justa, democrática e livre que, em determinado momento, sujeitos como Liev Davídovitch se propuseram a fundar. O mesmo Liev Davídovitch que, em 1905, jovem recém-saído do partido menchevique, chegou a dizer: "para o proletariado, a democracia é em *todas* as circunstâncias uma necessidade política; para a burguesia capitalista, é em *certas* circunstâncias uma inevitabilidade política"...[1] frase-chave que, posta em prática, talvez tivesse mudado o destino da humanidade.

Não nos surpreende, então, que o resgate e a publicação de um texto de Liev Davídovitch (ou Leon Trotsky) provoque um interesse justificado. Afinal, dentro da vultosa bibliografia do homem que, inclusive, redigiu uma minuciosa autobiografia (*Minha vida*, publicada em 1930, obra que se encerra com o episódio de seu degredo na União Soviética oriental, início de seu exílio definitivo), as páginas de *Fuga da Sibéria* (no original, *Tudá i obrátno*; ou seja, *Viagem de ida e volta*) servem para nos entregar as armas de um jovem escritor e revolucionário cuja imagem, tão conhecida, delineia-se ainda mais com esta obra curiosa.

Isso porque *Fuga da Sibéria*, publicado em 1907 sob o pseudônimo de N. Trótski pela editora Chipóvnik, é um opúsculo que, pela proximidade entre os acontecimentos

---

[1] Apud Isaac Deutscher, *Trotski: O profeta armado (1879-1921)*, trad. Waltensir Dutra. Rio de Janeiro: Civilização Brasileira, 1968, p. 134.

narrados e sua redação – pela conjuntura histórica em que ocorrem tais eventos, a idade e o grau de compromisso político de seu autor no momento de viver o que narra e imediatamente decidir-se a registrá-lo –, oferece-nos um jovem Trótski quase em seu estado mais puro. Em todas as suas facetas: a do político, a do escritor, a do homem de cultura e, sobretudo, a do ser humano.

Assim, desde já, parece-me necessário advertir que as páginas de *Fuga da Sibéria* narram a história pessoal e dramática do *segundo* exílio de Davídovitch para as colônias penais da Sibéria (sua primeira deportação, vivida entre 1900 e 1902, foi um período de crescimento político e filosófico do qual saiu fortalecido e, inclusive, com o pseudônimo de Trótski, pelo qual logo ficaria conhecido) e as tremendas peripécias de sua fuga quase imediata, dessa vez no inverno de 1907. Toda uma aventura vivida em consequência do chamado "Caso Soviete", quando o autor, com outros quatorze deputados, foi julgado e condenado à deportação por tempo indeterminado e à perda dos direitos civis[2] em consequência dos eventos ocorridos em São Petersburgo envolvendo a criação e o funcionamento do Conselho, ou Soviete, de Delegados Operários, liderado pelo próprio Trótski durante suas semanas de existência, nos últimos meses do conturbado ano de 1905.

O texto, então, remete-nos a um tempo em que a vida política e filosófica de seu autor estava no centro dos de-

---

[2] Dois ou três anos antes, havia sido suprimido o castigo adicional de 45 chibatadas.

bates que definiriam os rumos pelos quais, mais tarde, se moveriam seu pensamento e sua ação revolucionários, exaltados pela experiência vertiginosa do primeiro Soviete da história, em 1905, amadurecidos no frutífero exílio que viveria a partir de 1907 e concretizados na Revolução de Outubro de 1917, durante a qual seria novamente protagonista. E dessa trajetória ele emerge como uma das figuras centrais do processo político que desemboca na fundação da União Soviética e na sempre polêmica instauração de uma ditadura do proletariado.

O Liev Davídovitch desses momentos é o revolucionário impulsivo e de cabelos revoltos que, segundo seu renomado biógrafo Isaac Deutscher,

> simbolizava o mais alto grau de "maturidade" até então alcançado pelo movimento [revolucionário] em suas aspirações mais amplas: ao formular os objetivos da revolução, Trótski foi mais longe do que Mártov ou Lênin e estava, por isso, mais bem preparado para um papel ativo no levante. Um instinto político infalível levou-o, nos momentos adequados, aos pontos sensíveis e ao foco da revolução [...].[3]

Nesse ponto, vemos também o pensador que logo escreve *Balanço e perspectivas*, sua principal obra do período, na qual apresenta os enunciados fundamentais do futuro

---

3 I. Deutscher, *Trotski*, op. cit., p. 132; trad. modif.

trotskismo, inclusive a teoria da Revolução Permanente.[4] Nessas páginas, o próprio Trótski adverte, com a lucidez política que muitas vezes (nem sempre) o acompanha:

> Na época de sua ditadura, [...] [a classe trabalhadora] terá de limpar sua mente de teorias falsas e da experiência burguesa e expurgar suas fileiras de fazedores de frases políticas e revolucionários que olham para trás. [...] Mas essa tarefa complicada não pode ser resolvida colocando-se acima do proletariado algumas pessoas escolhidas [...] ou uma pessoa investida do poder de liquidar e degradar.[5]

As páginas de *Fuga da Sibéria*, no entanto, não se convertem em um discurso político, tampouco em uma obra de propaganda ou reflexão: relatam, sobretudo, a história pessoal e dramática (compilada de modo muito sucinto em *Minha vida*) que nos oferece um Trótski observador, profundo, humano, por vezes irônico, que esquadrinha à sua volta e expressa um estado de ânimo ou faz a fotografia de um ambiente que, sem dúvida alguma, revela-se extremo, exótico, quase inumano.

•

Concebido em duas partes claramente distintas ("Ida" e "Volta"), o testemunho dessas experiências segue todo o processo de deslocamento até o degredo de Trótski e dos

---

4 Ibid., p. 166.
5 Apud ibid., p. 105.

outros quatorze condenados por seu protagonismo na Revolução de 1905. Com efeito, o relato abarca desde a saída do cárcere da Fortaleza de Pedro e Paulo, em São Petersburgo, no dia 3 de janeiro de 1907 (local onde se dedicara a escrever durante todo o ano de 1906), até a chegada ao povoado de Beriózov, em 12 de fevereiro de 1907, penúltima parada de um trajeto que devia terminar ali, onde se cumpriria a condenação, na remota localidade de Obdorsk,[6] local situado vários graus ao norte do Círculo Polar Ártico, a mais de 1.500 verstas da estação ferroviária mais próxima e a 800 verstas de uma estação telegráfica, segundo o próprio escritor.

Em seguida, e com uma visível mudança de estilo e concepção narrativa, o livro conta, sempre em primeira pessoa, a crônica da fuga de Trótski de Beriózov (onde consegue permanecer, fingindo estar doente, enquanto seus companheiros seguem em frente). Com seu esperpêntico[7] guia, a partir daí prossegue na direção sudoeste, em busca da primeira estação ferroviária na zona mineradora dos Urais, para concretizar seu regresso a São Petersburgo, de onde parte para o exílio no qual, poucos meses depois, teria o primeiro encontro – aquele que talvez tenha decidido seu destino desde o primeiro instante – com o ex-seminarista Ióssif Stálin.

---

6   Atual Salekhard, capital do distrito autônomo de Iamalo-Nenetsie, em Tiumén. [N.T.]
7   Adjetivo derivado do substantivo em língua espanhola "*esperpento*": "pessoa, coisa ou situação grotescas ou extravagantes"; Real Academia Española, *Diccionario de la lengua española* (online). [N.T.]

O primeiro elemento que singulariza a concepção de *Fuga da Sibéria* reside no fato de que a primeira metade é organizada com base nas cartas que Trótski foi escrevendo para a esposa, Natália Sedova, ao longo de quarenta dias extenuantes, enquanto ele fazia o percurso até o degredo com seus companheiros. Essa estratégia epistolar, quase como um diário de viagem escrito em tempo real, define o estilo e o sentido do texto, pois o narrado reflete uma realidade recém-vivida na qual não existe um conhecimento possível sobre o futuro, como teria acontecido com a redação evocativa do já conhecido.

O relato, que começa com uma carta de 3 de janeiro de 1907, quando Trótski e seus companheiros de condenação são transferidos para o cárcere provisório de São Petersburgo, estende-se até a carta de 12 de fevereiro, escrita já em Beriózov, onde, a conselho de um médico, o autor finge uma crise de dor ciática para ali permanecer e tentar a fuga.

Durante todo esse tempo e trajeto, que começa de trem (no fim de janeiro, no povoado de Tiumén) e continua em trenós puxados por cavalos, Trótski e os demais condenados ignoram tanto o destino que lhes foi atribuído como quando chegarão a ele, por isso se cria uma expectativa próxima do suspense. Como era de se esperar em se tratando de correspondência que podia ser revistada, em nenhum momento o autor revela seus planos de fuga, ainda que fale das previsíveis evasões de condenados, ocorridas com grande frequência. "Para se ter uma ideia da porcentagem de fuga, deve-se levar em conta que, dos 450 exilados de uma determinada parte da província de Tobolsk, ficaram apenas uns 100. Só os preguiçosos não fogem", comenta numa passagem. Todavia, Trótski não deixa de assinalar os níveis de vigilância de que a partida de prisioneiros era objeto, com uma proporção que podia chegar a três guardas por detento, o que tornava quase inviável qualquer tentativa de fuga.

O estilo epistolar de toda a trama do texto é salpicado de descrições, reflexões, evocações, mas constitui fundamentalmente um resumo de feitos e de anotações do exaustivo e lento avanço, o que o escritor define como uma descida diária de "mais um degrau rumo ao reino do frio e da selvageria", por regiões da tundra ou da taiga siberiana onde se considera que "o frio não é intenso" aos "–20°C, –25°C, –30°C. Há umas três semanas chegou a –52°C".

A virada argumentativa e estilística que se observa na narrativa desde a carta escrita em Beriózov é de 180 graus: da epístola passa-se ao relato, do presente registrado em forma de crônica passa-se ao passado narrado ou descrito, da incerteza e do suspense encaminha-se para a expectativa e a recordação do já vivido, da ida passa-se à volta com um desenlace conhecido pelo leitor: o êxito da fuga.

A narrativa da primeira parte, entrecortada, pontuada, como que distante ou simplesmente mais objetiva, torna-se a partir desse ponto tensa e intensa, detida e dramática, enquanto se desenrola uma fuga que sempre pode ser interrompida por algum perseguidor, o que acrescenta mais um toque de suspense ao relato. Trótski mostra-se mais observador, minucioso, por vezes até irônico e muito interessado no que vê ao longo de uma viagem cheia de peripécias. Entretanto, o fugitivo colocou seu destino nas mãos de um personagem realmente pantagruélico: o ziriano russificado Nikífor Ivánovitch, tão alcoolizado como a maioria dos habitantes dessa região da Sibéria.

Na descrição dos onze dias durante os quais avançam centenas de quilômetros através da tundra, Trótski dá conta de suas impressões a respeito da paisagem natural e humana que encontra pelo caminho, cada uma delas extrema em seus comportamentos e em sua natureza. Se a simples apresentação das paisagens da taiga, zona de temperaturas insuportáveis, é reveladora, mais interessante é a resenha que ele faz dos tipos e costumes observados, dos membros de povoados zirianos, ostíacos ou mansis, entre os quais imperam não somente o alcoolismo e as epidemias, mas também uma alienação social e civil que os faz vítimas das circunstâncias – incluindo a geografia e seu tempo histórico – e assinala até a possibilidade de sua extinção como culturas ancestrais independentes.

Nessa recordação, Trótski anota de passagem parágrafos como este:

> Os ostíacos são terrivelmente preguiçosos, todo o trabalho é feito pelas mulheres. E isso não apenas nos afazeres domésticos: não é raro encontrar uma ostíaca saindo armada para caçar esquilos e zibelinas.

Também registra descobertas como esta:

> Converso com elas por meio de Nikífor, que fala com a mesma fluência russo, ziriano e dois dialetos ostíacos: o "elevado" e o "baixo", quase totalmente diferentes um do outro. Os ostíacos daqui não falam uma palavra de russo. No entanto, os palavrões russos entraram completamente na língua ostíaca e, junto com a vodca, constituem a contribuição mais indiscutível da cultura estatal de russificação. Em meio aos obscuros sons da língua ostíaca, num local onde não se conhece a palavra russa *zdrávstvui* [olá], uma obscenidade familiar relampeja de repente como um meteoro brilhante, pronunciada sem o menor sotaque, perfeitamente clara.

E faz anotações como esta:

> Notei que, em geral, as crianças ostíacas são graciosas. Mas por que, então, os adultos são tão feios?

Ao mesmo tempo, chama a atenção para o caráter de outros personagens importantes nessas paragens: as renas. As discretas e resistentes renas que puxam os trenós, devolvendo-lhes a liberdade.

> As renas são criaturas incríveis: não sentem fome nem cansaço. Não comeram nada por um dia até a nossa partida, e logo fará mais um dia que seguem sem se alimentar. Segundo a explicação de Nikífor, elas acabaram de "pegar

o ritmo". Correm regularmente umas oito ou dez verstas por hora, sem se cansar. A cada dez ou quinze verstas, faz-se uma parada de dois, três minutos para que as renas se recuperem; depois, elas continuam. Essa etapa chama-se "corrida de renas", e, como aqui ninguém conta as verstas, a distância é medida em termos de corridas. Cinco corridas equivalem a umas sessenta, setenta verstas.

Essas renas fascinantes, somadas ao incontrolável ziriano Nikífor e a outros ostíacos e mansis alcoolizados, permitem a Liev Davídovitch chegar a salvo à zona mineradora dos Urais, dali escapar para São Petersburgo e depois partir para o exílio. A volta concretizou-se, com sobressaltos e aborrecimentos, mas com êxito em seus propósitos.

Fuga da Sibéria surge como uma inesperada fenda que nos permite sondar a personalidade íntima do homem político e revolucionário em tempo integral e suas relações com a condição humana. Constitui, ademais, uma amostra de suas capacidades literárias (não à toa por uma época apelidaram-no "A Pena") e, para encerrar, sua publicação pode constituir uma homenagem à memória de um pensador, escritor e lutador assassinado há mais de oitenta anos que, neste mundo tão descrente de hoje, ainda faz alguns pensarem que a utopia é possível. Ou, ao menos, necessária.

Mantilla, setembro de 2021

Nota do editor

HORACIO TARCUS

Em 16 de dezembro de 1905, a polícia russa irrompia no edifício da Sociedade de Economia Livre de São Petersburgo, onde se realizava aquela que seria a última sessão do Soviete de Delegados Operários da capital russa. Culminava assim não apenas a Revolução Russa de 1905, mas também, retomando as palavras de Isaac Deutscher, a epopeia do primeiro Soviete da história, um sistema de democracia direta por meio de delegação popular nascido espontaneamente em outubro daquele mesmo ano.[1] Essa criação do proletariado russo, que renasceria com a Revolução de 1917, tinha conseguido manter-se ativa durante cinquenta dias, desafiando nada menos que o poder tsarista.

No total haviam sido detidos cerca de trezentos delegados sovietes, entre mencheviques, bolcheviques, socialistas revolucionários e independentes. Foram acusados de preparar a insurreição. Entre eles, destacava-se a figura de Liev Trótski. Ele não só tinha ocupado o posto

---

1 Isaac Deutscher, *Trotski: O profeta armado (1879-1921)*, trad. Waltensir Dutra. Rio de Janeiro: Civilização Brasileira, 1968, p. 159.

de autoridade máxima do Soviete depois da prisão do advogado Gueórgui Khrustalióv-Nossár, seu primeiro presidente: com apenas 25 anos, o jovem Trótski tinha se erigido como o nervo motor do Soviete, o orador dos discursos eletrizantes, o redator de seus manifestos e resoluções, o diretor de seu órgão *Izvéstia* [Notícias]. Nesse desdobramento de energias vitais que desencadeiam as revoluções, ele encontrava tempo para redigir *Natchalo* [Início] – o jornal dos mencheviques, com o qual também colaboravam figuras como August Bebel, Karl Kautsky e Rosa Luxemburgo – e os editoriais da *Rússkaia Gazeta* [Gazeta Russa], que naquelas semanas cruciais alcançara uma tiragem de 250 mil exemplares.

Enquanto aguardavam o processo, os presos foram enviados primeiro para a prisão de Kresti ("Cruzes", como é conhecida em russo, por sua arquitetura) e, em seguida, para a Fortaleza de Pedro e Paulo, construída em uma ilha banhada pelo rio Nevá. Os delegados gozavam de um prestígio tão grande que os carcereiros os tratavam com consideração e respeito: tinham liberdade para se reunir, passear pelo pátio, debater, receber livros, escrever. A própria Rosa Luxemburgo chegou a visitá-los assim que saiu da prisão em Varsóvia.

O processo contra o Soviete foi se arrastando até setembro, e isso permitiu que os prisioneiros preparassem sua defesa com vários meses de antecedência. A vez de Trótski foi em 17 de outubro. Com seus dons dramáticos e oratórios, explicou ao juiz que o Soviete não tinha "preparado" um levante armado, como sustentava o promotor. "Um levante de massas não se faz, senhores juízes [, segundo a vontade de algum líder]. Ele se faz a si mesmo. É o resultado de relações e condições sociais, e não um plano formulado no papel. Uma insurreição popular não pode ser montada. Pode apenas ser prevista." Em 2 de novembro, o júri anunciou seu veredito: os membros do Soviete foram absolvidos da acusação de insurreição, mas Trótski e outros quatorze acusados foram condenados à perda dos direitos civis e à deportação perpétua para a Sibéria, sob vigilância.

Com seus trajes cinza de presidiário, em 5 de janeiro de 1907, Trótski foi enviado com os outros detentos a Obdorsk, uma cidade situada no Círculo Polar Ártico, a mais de 1.600 quilômetros da estação ferroviária mais próxima. O grupo empreendeu a viagem de trem de São Petersburgo até Tiumén, na Sibéria ocidental, atravessando os Urais. Dali, escoltados por 52 soldados, os quatorze detentos foram transferidos em quarenta trenós puxados por cavalos até a cidade de Tobolsk, onde foram alojados na prisão local. Pouco depois, o comboio retomou sua rota e fez paradas em outras duas cidades siberianas: Samarovo e Beriózov. Já estavam viajando havia 33 dias.

Diante da perspectiva de ser condenado a acompanhar o destino da Revolução Russa a partir do longínquo Círculo Polar Ártico, Trótski concebe em Beriózov seu plano de fuga. As vicissitudes do caminho do exílio e as peripécias da evasão foram narradas por ele próprio em *Tudá i obrátno* [Ida e volta], publicado em 1907 pela editora Chipóvnik de São Petersburgo sob o pseudônimo de N. Trótski, que aqui apresentamos em tradução direta do russo com o título *Fuga da Sibéria*. Alguns trechos do relato foram incorporados pelo autor à segunda parte da edição alemã de *Balanço e perspectivas* (1909).

Como acontece com certos romances epistolares, devemos seguir o fio da primeira parte (o caminho de "ida" à Sibéria) ao longo de uma série de cartas que Trótski envia a um correspondente – que ele mantém no anonimato – em cada escala de seu caminho a Beriózov. A segunda parte ("Volta") adota a forma de uma crônica, na qual o narrador recupera de sua caderneta de anotações detalhes sobre a Sibéria. Temendo a todo minuto a captura e confiando a vida e a liberdade ao cocheiro Nikífor, que não para de beber, o fugitivo Trótski transforma-se, talvez contra a vontade, num viajante etnógrafo. Transita por lugares escassamente povoados durante a estação mais fria do ano, participa de uma captura de renas, passa as noites junto ao fogo e faz anotações acerca da vida dos povos siberianos cujas línguas e costumes vai conhecendo.

Vinte e cinco anos depois, Trótski retomou brevemente o tema de seu segundo exílio em *Minha vida* (1930), seu célebre ensaio autobiográfico. Nele advertiu, em uma nota de rodapé, que em seu primeiro relato dos feitos omitira o número de cúmplices para não os comprometer perante a polícia tsarista:

> Em meu livro *1905* [*Balanço e perspectivas*] esforcei-me para descaracterizar essa parte da fuga. Naqueles tempos, um relato fiel teria colocado a polícia do tsar no

rastro de meus cúmplices. Espero que Stálin já não vá persegui-los pela ajuda que me prestaram; ademais, o crime prescreveu. E há igualmente a atenuante de que na última etapa da evasão fui auxiliado, como se verá, pelo próprio Lênin.²

Desde então, soubemos que seu correspondente durante a "ida" não foi ninguém menos do que Natália Sedova, a revolucionária russa que conhecera em 1902 durante o exílio em Paris e que, imediatamente, passara a ser sua companheira de vida. Também chegamos a saber que o plano de evasão lhe foi sugerido pelo amigo e companheiro de militância Dmitri Sverchkov. Que o médico que lhe ensinou a fingir uma ciática era o doutor Viot, um dos integrantes do comboio. E que foi Faddei Roshkovski, um veterano do exército tsarista que cumpria pena de exílio em Beriózov, quem lhe proporcionou as conexões com os camponeses que o acompanhariam e guiariam durante a fuga: Nikita Serapiônovitch, apelidado de "Pata de Cabra",³ que o tirou da aldeia escondido em uma carroça de palha, e Nikífor Ivánovitch, um ziriano que não parava de beber, mas que conhecia melhor do que ninguém a estepe siberiana e falava com familiaridade os distintos idiomas dos aldeões.

Se os dons expressivos de Trótski em suas outras obras autobiográficas – *Minhas peripécias na Espanha*,

---

2 L. Trótski, *Mi vida: Ensayo autobiográfico*, trad. W. Roces. Madrid: Cenit, 1930, p. 204.
3 Ibid.

Diário do exílio ou *Minha vida* – não precisavam de maior confirmação, quem ler a presente obra encontrará um narrador literário em estado puro, capaz de apelar a todos os recursos do suspense para construir um relato envolvente, no qual uma rena desenfreada, um cocheiro dorminhoco ou um nativo que dispara uma pergunta inoportuna podem, a qualquer momento, malograr o plano de fuga. Pleno de humor tchekhoviano, o protagonista adota máscaras sucessivas para cumprir sua meta (finge ser um enfermo, um mercador e um engenheiro ferroviário que participa de uma expedição) e viaja munido dos mais diversos meios de troca, que lhe permitem oferecer tabaco, chocolates ou uma garrafa de rum para facilitar o desfecho de um encontro inesperado, deixando como último recurso (se a situação chegasse a se inverter) o revólver escondido na maleta. Nesta obra, a política só aparece de modo implícito, na medida em que o fugitivo que conta suas aventuras é, em suma, um revolucionário condenado ao exílio tentando cruzar os Urais para encontrar sua esposa em São Petersburgo e, uma vez atravessada a fronteira com a Finlândia, finalmente pisar em território livre.

E, sem que isto possa ser considerado um *spoiler* da trama, sabemos que ele chegou lá. Em Oggelvy, povoado perto de Helsinki, Trótski encontrou tranquilidade suficiente para transformar suas notas de viagem em *Tudá i obrátno*, publicado em São Petersburgo já no ano de 1907. O adiantamento que a editora popular Chipóvnik lhe deu permitiu que se dedicasse a seus próximos passos de revolucionário em tempo integral. A revanche chegaria na década seguinte: dias depois de seu regresso à Rússia em maio de 1917, se veria outra vez à frente do Soviete de Petrogrado... Mas essa é uma outra história.

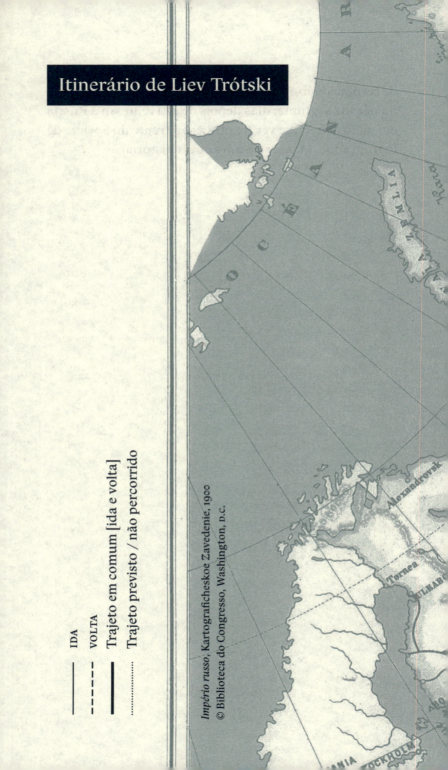

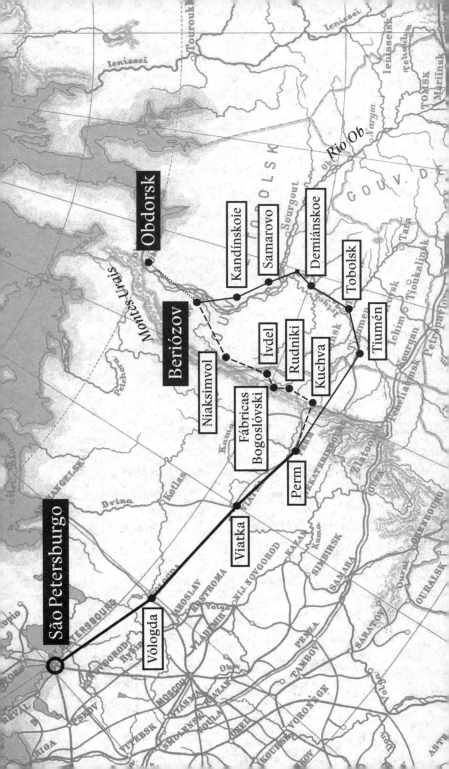

À guisa de prefácio

No Congresso Social-Democrata de Estocolmo foram publicados alguns dados estatísticos curiosos que caracterizam as condições da atividade do partido proletário:[1]

- Os integrantes do Congresso, formado por 140 membros, passaram ao todo 138 anos e meio na prisão.
- O Congresso passou 148 anos e 6 meses e meio no exílio.
- Da prisão fugiram: uma vez – 18 pessoas; 2 vezes – 4 pessoas.
- Do exílio fugiram: uma vez – 23 pessoas; 2 vezes – 5 pessoas; 3 vezes – 1 pessoa.

Considerando que o Congresso participou da atividade social-democrata por 942 anos no total, verifica-se que a permanência na prisão e no exílio corresponde, em termos de tempo, a cerca de um terço de sua atividade. Ainda assim, são números muito otimistas: o Congresso participou do trabalho social-democrata por 942 anos – isso significa apenas que a atividade política dos participantes do Congresso estende-se ao longo de 942 anos, mas não, em absoluto, que todos os 942 anos tenham sido completamente preenchidos pelo trabalho político. Talvez *a ação real e direta* em condições clandestinas corres-

---

1 Referência ao IV Congresso do Partido Operário Social-Democrata Russo, realizado em Estocolmo em abril-maio de 1906. [N.E.]

ponda apenas a um quinto ou um décimo desse período. Por outro lado, a permanência na prisão e no exílio foi exatamente como retratam os números: o Congresso passou mais de 50 mil dias e noites atrás das grades e um período ainda maior nos recantos mais bárbaros do país.

Talvez possamos trazer algumas estatísticas do nosso passado pessoal em complemento a esses dados. O autor destas linhas, preso pela primeira vez em janeiro de 1898, após dez meses de atividade nos círculos de trabalho do sr. Nikoláiev, passou dois anos e meio na prisão e escapou do exílio após ter cumprido dois anos de uma sentença de quatro. Este autor foi preso pela segunda vez em 3 de dezembro de 1905, como membro do Conselho [Soviete] de Deputados Operários de São Petersburgo. O Conselho existiu por cinquenta dias. Os condenados no caso do Conselho passaram um total de quatrocentos dias na prisão, depois dos quais foram conduzidos a Obdorsk, para uma "colônia perpétua"...

Todo social-democrata russo que tenha trabalhado no partido por cerca de dez anos dará mais ou menos a mesma informação sobre si.

A confusão governamental que existe entre nós desde o 17 de outubro – que o *Almanaque de Gotha*[2] caracteriza, com o humor inconsciente do pedantismo jurídico, como "monarquia constitucional sob um tsar autocrático" – não mudou em nada a nossa situação; esse sistema

---

2   Guia genealógico de referência da nobreza europeia publicado em francês na Alemanha entre 1763 e 1944. [N.T.]

não nos suporta, nem sequer temporariamente, pois não comporta de forma orgânica o consciente vital das massas populares. Os ingênuos e hipócritas, que nos exortam a seguir o caminho certo, assemelham-se a Maria Antonieta, que sugeriu aos camponeses famintos comerem brioche! E daí se sofremos de alguma doença física que causa aversão ao brioche? E daí se nossos pulmões estão contaminados por uma atração irresistível pelo ar das cavernas solitárias da Fortaleza de Pedro e Paulo? E daí se não quisermos nem conseguirmos dar outro uso às horas infinitamente longas que o carcereiro arrancou de nossa vida?

Somos tão pouco apaixonados por nossa clandestinidade quanto um afogado pelas profundezas do mar. Mas temos tão poucas escolhas – falemos francamente – quanto sob o absolutismo. Uma consciência clara disso permite-nos permanecer otimistas mesmo nos momentos em que a clandestinidade, com sinistra crueldade, aperta a argola em volta do nosso pescoço. Ela não vai nos estrangular, temos certeza disso! Sobreviveremos a todos eles! Quando os restos mortais dos grandes feitos, hoje obra dos príncipes desta terra, e seus servos e os servos de seus servos tiverem apodrecido, quando for impossível encontrar os túmulos em que estarão enterrados muitos dos partidos atuais, com todas as suas façanhas, então a causa à qual servimos governará o mundo, então nosso partido, que agora sufoca na clandestinidade, será dissolvido na humanidade, que pela primeira vez dominará o próprio destino.

A história inteira é uma enorme máquina a serviço dos nossos ideais. Ela trabalha barbaramente devagar, com uma brutalidade insensível, mas faz o seu trabalho. Nós confiamos nela. Apenas em alguns momentos, quando seu mecanismo voraz absorve o sangue vivo de nosso coração como combustível, queremos gritar-lhe com todas as forças:

— Seja lá o que estiver fazendo, faça rápido!

N. T.[3]
8-21 de abril de 1907
Paris

---

3   Iniciais do pseudônimo utilizado pelo autor na publicação original: Н. Троцкий, ou N. Trótski. [N.T.]

IDA

3 de janeiro de 1907

Lá se vão duas ou três horas que estamos na prisão transitória. Confesso que fiquei nervoso por me separar da minha cela na "preventiva". Estava tão acostumado àquele pequeno aposento onde trabalhava tão à vontade. Na prisão de transferência, como já sabíamos, nos colocariam numa cela comum – há algo mais exaustivo que isso? Além do mais, a sujeira de sempre, a agitação e a bagunça do caminho percorrido em etapas. Quem sabe quanto tempo levará até chegarmos lá? E quem pode prever quando voltaremos? Não teria sido melhor ficar no número 462, ler, escrever e... esperar? Para mim, como a senhora sabe, é uma grande proeza moral mudar de um apartamento para outro. E a transferência entre prisões é ainda mais dolorosa. Nova administração, novos atritos, novos esforços destinados a criar relações não muito claras. Adiante haverá uma mudança contínua das figuras de autoridade, desde a administração da prisão de transferência de São Petersburgo até o guarda do povoado siberiano no local do exílio. Já fiz esse caminho uma vez e agora o começo novamente sem muito ânimo.

Fomos transferidos subitamente para cá hoje, sem aviso prévio. Na sala de recepção, obrigaram-nos a trocar as roupas por uniformes prisionais. Cumprimos esse procedimento com uma curiosidade infantil. Foi interessante ver-nos uns aos outros em calças cinza, sobretudo cinza e chapéu cinza. Não havia, porém, o clássico "ás"[1] nas costas. Permitiram-nos manter nossas roupas íntimas e sapatos. Num grande grupo animado, entramos de vestimentas novas em nossa cela...

A relação da administração local conosco, ao contrário dos rumores negativos sobre a "transferência", mostrou-se muito decente, em alguns aspectos até cortês. Há razões para crer que houve instruções especiais neste sentido: vigiem atentamente, mas não criem incidentes!

O dia exato da partida ainda é cercado por um grande mistério: pelo visto, temem manifestações e tentativas de libertação forçada ao longo do caminho.

---

[1] Trótski refere-se a uma espécie de aplique em forma de losango – popularmente conhecido como "ás de ouros" – que, fixado nas costas, caracterizava a indumentária dos condenados ao exílio perpétuo. [N.E.]

10 de janeiro

Escrevo-lhe de dentro do trem... Agora são nove da manhã.

Nesta madrugada, fomos acordados às três e meia pelo agente penitenciário chefe – a maioria de nós mal teve tempo de se deitar, distraídos pelo jogo de xadrez –, informando que nos mandariam embora às seis horas. Esperamos tanto tempo por isso que a partida nos pareceu... repentina.

Tudo se seguiu como deveria. Apressados e confusos, arrumamos as coisas. Então, descemos até a recepção, para onde também levaram as mulheres e as crianças. Lá fomos recebidos por um comboio que examinou nossos pertences às pressas. Um assistente sonolento entregou nosso dinheiro ao oficial. Em seguida, colocaram-nos nos vagões prisionais e, sob pesada escolta, fomos levados para a estação Nikoláievski. Incrível que nosso comboio tenha chegado em caráter de urgência de Moscou: pelo visto não confiavam no de São Petersburgo. O oficial da recepção foi muito gentil, mas demonstrou total ignorância ao responder às nossas perguntas. Ele informou que um coronel da gendarmeria se encarregaria de nós e daria todas as instruções. Já ele, o oficial, recebera ordens para nos levar à estação – e só. Pode ser, é claro, que fosse mera diplomacia de sua parte.

Já faz uma hora que estamos a caminho e, até agora, não sabemos se de Moscou ou Vólogda. Os soldados também não sabem – esses realmente não sabem.

Temos um vagão separado, de terceira classe, bom; cada um tem um lugar para dormir. Para os pertences também há um vagão especial, no qual, segundo os guardas, colocam dez gendarmes que nos acompanham sob o comando de um coronel. Nós nos acomodamos com a sensação dos que vão indiferentes pelo caminho que percorrem: tanto faz, irão para onde devem ir...

Parece que estamos indo para Vólogda: um dos nossos identificou o caminho pelo nome da estação. Isso significa que estaremos em Tiumén dentro de quatro dias.

O pessoal está muito animado – viajar diverte e entusiasma depois de treze meses de prisão. Embora haja grades nas janelas do vagão, por trás delas agora há liberdade, vida e movimento... Quanto tempo levará para conseguirmos voltar por estes trilhos?

11 de janeiro

Se o oficial de escolta é prestativo e educado, sobre a equipe não há nada a dizer: quase todos leram o relatório sobre o nosso processo e nos tratam com a maior simpatia. Detalhe interessante: até o último minuto, os soldados não sabiam quem estavam escoltando nem para onde. Pelas precauções com as quais foram repentinamente removidos de Moscou a Petersburgo, pensaram que teriam de nos levar para a execução em Chlisselburg. Na sala de espera da prisão de "transferência", notei que o comboio estava muito agitado e *estranhamente prestativo*. Foi apenas no vagão que descobri o motivo... Como ficaram contentes quando souberam que, diante deles, estavam "deputados operários" condenados somente ao exílio!

Os gendarmes, formando uma superescolta, nunca aparecem no vagão. Eles cuidam da vigilância externa: cercam o vagão nas estações, ficam de guarda na porta etc. e, pelo visto, observam principalmente as escoltas. Ao menos é o que pensam os próprios soldados.

Sobre o suprimento de água potável, água quente, alimentação, alertam-nos com antecedência por telégrafo. Por aqui, comemos com toda a comodidade. Não por acaso, algum comissário de estação criou uma ideia tão elevada sobre nós que nos ofereceu trinta ostras por intermédio dos guardas. A situação foi muito divertida. Mas, mesmo assim, as recusamos.

12 de janeiro

Afastamo-nos cada vez mais da senhora.

Desde o primeiro dia, o pessoal se dividiu em alguns grupos "familiares e domésticos", e, como o vagão é apertado, cada um tem de viver separado um do outro. Só o médico[2] não toma partido: com as mangas arregaçadas, diligente e incansável, comanda todos.

Temos no vagão, como a senhora sabe, quatro crianças. Mas elas se comportam perfeitamente, ou seja, de tal modo que nos esquecemos da sua existência. Uma amizade muito estreita une-as à escolta. Os desajeitados soldados demonstram uma imensa ternura para com elas...

... Como "eles" nos vigiam! Em cada estação, o vagão é cercado por gendarmes e, nas grandes, há também outros guardas. Os gendarmes, além de rifles, empunham revólveres e, com eles, ameaçam todos que, por acaso ou curiosidade, se aproximam do vagão. Atualmente tal proteção é empregada para duas categorias de pessoas: "criminosos" particularmente importantes e ministros particularmente ilustres.

A tática em relação a nós foi desenvolvida de modo bem definido; descobrimos por nós mesmos ainda na

---

2   Em publicações posteriores, Trótski revela que se trata de Andrei Feit, médico integrante do Partido Socialista Revolucionário. [N.E.]

prisão de transferência: de um lado, vigilância atenta; de outro, um cavalheirismo dentro dos limites da legalidade. Nesse ponto pode-se ver o gênio constitucional de Stolypin.[3] Mas não há dúvidas de que a mecânica ardilosa falhará. A única questão é: por parte da vigilância ou por parte do cavalheirismo?

Acabamos de chegar a Viatka.[4] Estamos parados. Que recepção a burocracia de Viatka preparou para nós! Quem dera a senhora pudesse ver. De ambos os lados do vagão, há meia companhia de soldados em fila. Na segunda fileira, guardas do *zemstvo* com as armas nos ombros. Os oficiais, o *isprávnik*, oficiais de justiça etc. No vagão propriamente dito, como sempre, os gendarmes. Em suma, todo um desfile militar. Evidentemente, isso nos foi oferecido pelo príncipe Gortchakov, o *pompadour* local, por conta própria, em complemento ao protocolo de Petersburgo. Nosso pessoal está ofendido porque não há artilharia. Na verdade, é difícil imaginar uma covardia mais mesquinha! Uma caricatura completa do "poder autoritário"! Temos todo o direito de nos orgulhar: pelo visto, eles também temem o Conselho morto.

Covardia e estupidez! – quantas vezes elas se tornam o contrário da vigilância e do cavalheirismo. Para

---

3 Com certo sarcasmo, refere-se a Piótr A. Stolypin (1862-1911), político russo, espécie de primeiro-ministro do reinado de Nicolau II entre 1906 e 1911. É lembrado pelas tentativas de reforma agrária e repressão aos grupos revolucionários. [N.T.]
4 Atual Kírov, cidade russa. [N.E.]

ocultar a nossa rota, por si só impossível de ocultar – aparentemente é isso, porquanto não encontro outro motivo –, somos proibidos de escrever cartas durante a travessia. Tal é a ordem do coronel invisível com base no "protocolo" de Petersburgo. Mas nós, já no primeiro dia da viagem, começamos a escrever, na esperança de conseguir enviá-las. E não estávamos enganados. O protocolo falhara em prever que não haveria absolutamente nenhum servo fiel, enquanto nós estávamos cercados de amigos por todos os lados.

16 de janeiro

Escrevo nas seguintes circunstâncias. Estamos em uma aldeia, a vinte verstas de Tiumén. Noite. Uma isbá camponesa. Um quarto sujo de teto baixo. O chão todo, sem lacunas, coberto pelos corpos dos membros do Conselho de Deputados Operários... Ainda estão acordados, conversam, riem...

Ganhei na sorte um banco-sofá amplo numa disputa entre três candidatos. Sempre tenho sorte na vida! Ficamos um dia em Tiumén. Fomos recebidos – já estamos acostumados – por um grande número de soldados, a pé e a cavalo. Os cavaleiros ("caçadores") empinavam, afugentando os meninos nas ruas. Fomos a pé da estação até a prisão.

A atitude para conosco ainda é extremamente atenciosa, até em excesso, porém, ao mesmo tempo, a precaução torna-se cada vez mais rigorosa, beirando a superstição.

Por exemplo, aqui nos foram entregues mercadorias à nossa escolha, encomendadas por telefone de todas as lojas, ao passo que não nos deixaram ir até o pátio da prisão. O primeiro é uma cortesia; o segundo, uma ilegalidade. Partimos de Tiumén a cavalo, e nós, quatorze exilados, recebemos 52 (!) soldados de escolta, sem contar o capitão, o oficial de justiça e um *uriádnik*, algo inédito!

Todos ficaram admirados, inclusive os soldados, o capitão, o oficial de justiça e o *uriádnik*. Mas tal era o "protocolo". Agora vamos para Tobolsk, avançamos extremamente devagar. Hoje, por exemplo, percorremos apenas vinte verstas em um dia. Chegamos à escala à uma hora da tarde. Por que não ir além? Não pode! Por que não? Ordens! Para evitar fugas, não querem nos transportar à noite, o que tem múltiplos significados. Mas em Petersburgo confiam tão pouco na iniciativa das autoridades locais que estabeleceram um itinerário versta por versta. Quanta eficiência por parte do departamento de polícia! E eis-nos agora a rodar três ou quatro horas por dia e a parar por vinte. Nesse ritmo, faremos em cerca de dez dias o caminho total das 250 verstas até Tobolsk, portanto estaremos lá em 25 ou 26 de janeiro. Quanto tempo ficaremos, quando e para onde partiremos não se sabe, ou ao menos não nos dizem.

Ocupamos cerca de quarenta trenós. Nos da frente, vão os nossos pertences. Nos seguintes, nós, "deputados", em pares. Para cada par, dois soldados. Um cavalo por trenó. Atrás, uma fileira de trenós carregados apenas de soldados. Um oficial e um *prístav* à frente do trem em uma *kochevá* coberta. Seguimos lentamente. De Tiumén, ao longo de algumas verstas, acompanharam-nos vinte ou trinta cavaleiros "caçadores". Em suma, se considerarmos que todas essas medidas de precaução, inéditas e inauditas, são tomadas conforme as ordens de Petersburgo, então somos obrigados a concluir que querem nos levar *a todo custo* ao lugar mais isolado. Não dá para pensar que esta viagem, com toda a comitiva real, é um simples capricho burocrático!... Isso pode criar sérias complicações pela frente...

Todos dormem. Na cozinha ao lado, cuja porta está aberta, os soldados permanecem de plantão. Do lado de fora da janela, as sentinelas fazem a ronda. A noite está esplêndida, enluarada, azul, toda coberta de neve. Que situação estranha: esses corpos estendidos no chão num sono pesado, esses soldados junto à porta e à janela... Mas, como vivo tudo isso pela segunda vez, já não há o frescor das impressões... e, assim como a prisão "Kresty"[5] parecia-me uma continuação da de Odessa, construída segundo seu modelo, esta viagem me parece uma continuação, com pausas temporárias, do caminho em etapas para a província de Irkutsk...

Na prisão de Tiumén havia muitos presos políticos, sobretudo exilados administrativos.[6] Eles se reuniram sob a nossa janela, saudaram-nos com canções e até hastearam uma bandeira vermelha com a inscrição "Viva a revolução". Seu coro não é nada mau: pelo visto, estão juntos há muito tempo e conseguiram se afinar. A cena foi bastante impressionante e, pode-se até dizer, comovente à sua maneira. Pelo basculante respondemos com algumas palavras de saudação. No mesmo cárcere, os prisioneiros enviaram-nos uma longuíssima

---

5   Centro de isolamento de São Petersburgo, "Kresty" [Cruzes] tem esse nome devido à disposição de seus pavilhões. [N.E.]
6   Ou seja, sem intervenção do sistema judicial, por mera decisão policial ou de algum nível administrativo (distrital, regional, nacional). [N.E.]

petição na qual, em prosa e verso, imploravam que nós, "os dignatários dos revolucionários de São Petersburgo", estendêssemos a eles a mão amiga. Queríamos dar algum dinheiro aos exilados políticos mais necessitados, dentre os quais muitos nem sequer têm roupas de baixo e de inverno – mas a administração prisional recusou terminantemente. O "protocolo" proíbe qualquer tipo de comunicação entre os "deputados" e os outros políticos. Mesmo por meio de bilhetes impessoais? Sim! Quanta precaução!

Não nos foi permitido mandar telegramas de Tiumén a fim de ocultar o local e o período de nossa estadia. Quanta bobagem! Como se os desfiles militares ao longo do caminho não indicassem o nosso itinerário a todos os curiosos!

18 de janeiro. Pokróvskoie

Escrevo da terceira parada desta etapa. Estamos exaustos pela marcha lenta. Não fazemos mais do que seis verstas por hora, não avançamos mais do que quatro ou cinco horas por dia. Ainda bem que o frio não é intenso: −20 °C, −25 °C, −30 °C. Há umas três semanas chegou a −52 °C por aqui. Como faríamos com as crianças pequenas numa temperatura dessas?

Ainda falta uma semana para Tobolsk. Sem jornais, sem cartas, sem notícias.

Aqui escrevemos sem a certeza de que a carta chegará ao destino: ainda estamos proibidos de escrever no caminho e somos forçados a empregar todos os meios aleatórios e nem sempre confiáveis.

Mas no fundo tudo isso é bobagem. Todos vestimos roupas quentes e respiramos com prazer o maravilhoso ar gelado depois da vil atmosfera da solitária. Digam o que quiserem, mas, na época em que o organismo humano estava se formando, certamente ele não teve a oportunidade de se adaptar à condição do confinamento solitário.

Tudo permaneceu igual na Sibéria como era há cinco, seis anos – e, ao mesmo tempo, tudo mudou: não apenas os soldados siberianos – e como! –, mas também os *tcheldons* (camponeses); conversam sobre temas políticos, perguntam quando tudo "isto" vai acabar. Um menino cocheiro, de uns treze anos – assegura ter quinze –, grita o caminho inteiro: "Levante-se, fique de pé, povo trabalhador! Levante-se para a luta, gente faminta!". Os soldados, com evidente boa vontade para com o cantor, provocam-no, ameaçam entregá-lo ao oficial. Mas o menino entende perfeitamente que tudo está a seu favor e, sem medo, exorta à luta o "povo trabalhador"...

A primeira parada de onde lhe escrevi foi numa isbá camponesa miserável. As outras duas foram em casas de transferência estatais, não menos sujas nem mais confortáveis. Há uma seção feminina e uma masculina, bem como uma cozinha. Dormimos em beliches. A higiene reduz-se ao estritamente básico, talvez esse seja o aspecto mais difícil da viagem.

Aqui nas casas de transferência, mujiques e mulheres vêm até nós com leite, queijo fresco, leitões, *changuis* (bolinhos abertos) e outras provisões. Eles são permitidos, o que, a rigor, é ilegal. O "protocolo" proíbe qualquer comunicação com pessoas de fora. No entanto, se não fosse por eles, seria difícil para o comboio providenciar nossa subsistência.

A ordem entre nós é mantida por nosso capataz soberano, F., a quem todos – nós, o oficial, os soldados, a polícia, as comerciantes – chamamos simplesmente de "doutor". Ele tem uma energia inesgotável: embala, compra, cozinha, dá de comer, ensina a cantar, dá ordens etc. etc. Para ajudá-lo, designam alternadamente guardas que se parecem uns com os outros, no sentido de não fazerem quase nada... Agora estão preparando o nosso jantar, cozinham animada e ruidosamente. O doutor exige uma faca!... O doutor pede óleo!... Senhor guarda, por gentileza, leve o lixo para fora... A voz do doutor:

— O senhor não come peixe? Posso fritar uma almôndega para o senhor, não me custa nada...

Depois do jantar, servem o chá nos beliches. Temos senhoras de plantão para isso: tal é a ordem estabelecida pelo doutor.

23 de janeiro

Escrevo-lhe da penúltima parada em Tobolsk. Aqui há uma bela casa de transferência, nova, espaçosa e limpa. Depois da imundície das últimas etapas, descansamos a alma e o corpo. Até Tobolsk faltam sessenta verstas. Se a senhora soubesse como sonhamos nos últimos dias com uma prisão "de verdade", na qual poderíamos nos lavar e descansar como se deve. Aqui vive apenas um exilado político, ex-balconista de uma loja de vinhos em Odessa, condenado por propaganda entre os soldados. Veio até nós com mantimentos para a transferência e contou sobre as condições de vida na província de Tobolsk.
A maioria dos exilados, tanto os perpétuos como os "administrativos", vive nos arredores de Tobolsk, a umas 100, 150 verstas, espalhados pelas aldeias. Há, entretanto, exilados também no *uezd* de Beriózov. Lá a vida é incomparavelmente mais dura e há mais pessoas necessitadas. As fugas são incontáveis por toda a parte. Quase não há vigilância – e nem é possível. Os fugitivos são capturados principalmente em Tiumén (ponto de partida da estrada de ferro), em geral ao longo da linha férrea. A porcentagem dos capturados, porém, é insignificante.

Ontem lemos por acaso no velho jornal de Tiumén acerca de dois telegramas não entregues – a mim e a S. –, endereçados à prisão de transferência. Eles chegaram bem quando estávamos em Tiumén. A administração não os aceitou pelas mesmas razões conspiratórias, cujo sentido é incompreensível tanto para a própria administração quanto para nós. Vigiam-nos com muito cuidado ao longo do caminho. O capitão atormenta os soldados a todo momento, atribuindo plantões exorbitantes à noite – não apenas na casa de transferência, mas também por toda a aldeia. E, no entanto, à medida que nos deslocamos para o norte, é possível notar como o "regime" começa a amolecer: logo começaram a nos liberar sob escolta para ir às lojas, caminhamos pela aldeia em grupo e, às vezes, visitamos os exilados locais. Os soldados são muito protetores para conosco: a oposição ao capitão aproxima-nos. Na posição mais difícil está o suboficial, como único elo entre o oficial e os soldados.

— Não, senhores — disse-nos um dia diante dos soldados. — O suboficial já não é o mesmo de antes...

— Acontece que tem um aí querendo que tudo seja como antes... — ouviu-se de um grupo de soldados. — Assim que o pegarem pelo rabo, vai virar uma seda...

Todos riram. Riu também o suboficial, mas de um riso nada alegre.

26 de janeiro

Prisão de Tobolsk. A duas paradas de Tobolsk, veio ao nosso encontro um assistente do *isprávnik* – por um lado, para maior segurança; por outro, por extrema cortesia. A guarda foi reforçada. As idas ao comércio cessaram. Em compensação, ofereceram *kibitkas* cobertas às famílias. Vigilância e cavalheirismo! A cerca de dez verstas da cidade, dois exilados vieram ao nosso encontro. Assim que os viu, o oficial tomou providências: percorreu todo o nosso trem e ordenou que os soldados descessem (até então, os soldados iam nos trenós). Assim avançamos as dez verstas: os soldados, xingando o oficial de tudo quanto é nome, seguiam a pé de ambos os lados, com as armas apoiadas nos ombros.

Neste ponto tenho de interromper minha descrição: o doutor, que acaba de voltar do consultório, informou-nos o seguinte: *vão mandar todos para a aldeia de Obdorsk*, viajaremos de quarenta a cinquenta verstas por dia sob escolta militar. Daqui até Obdorsk são mais de 1.200 verstas por uma estrada de inverno, ou seja, ainda que nas melhores circunstâncias, com um suprimento de cavalos constante, sem paradas provocadas por doenças etc., viajaremos por mais de um mês. Surge uma pergunta: não haverá uma equipe especial da comunidade em Obdorsk encarregada da nossa vigilância? No local do exílio, vamos receber um benefício no valor de um rublo e oitenta copeques por mês.

Será particularmente difícil a viagem com crianças pequenas durante um mês. Dizem que de Beriózov a Obdorsk teremos de usar trenós puxados por renas. A administração local garante que nosso itinerário ridículo (quarenta verstas por dia em vez de cem) foi determinado por Petersburgo, como todos os outros detalhes de nosso encaminhamento ao local do exílio. Os sabichões burocráticos locais previram tudo para não nos deixar escapar. E temos de lhes fazer justiça: nove em cada dez medidas por eles impostas são desprovidas de qualquer sentido. As "cônjuges acompanhantes" solicitaram que fossem liberadas da prisão nos três dias que passaremos em Tobolsk. O governador recusou terminantemente, o que foi não apenas incompreensível, mas também totalmente ilegal. O grupo, um tanto agitado com isso, está redigindo um protesto. Mas de que servirá um protesto quando há uma única resposta para tudo, "Esse é o protocolo de Petersburgo"?

29 de janeiro

Já faz dois dias que saímos de Tobolsk... Acompanham-nos trinta escoltas sob o comando do suboficial. Saímos na segunda de manhã em troicas (a partir da segunda parada, mudamos para pares de cavalos) em enormes *kochevás*. A manhã estava magnífica: clara, límpida, gelada. O entorno é uma floresta imóvel e toda branca de geada contra um céu claro. Um cenário de conto maravilhoso. Os cavalos galopavam furiosamente – a típica marcha siberiana. Na saída da cidade – a prisão fica bem no limite –, aguardava-nos o público exilado local, umas quarenta, cinquenta pessoas; houve muitas saudações, reverências e tentativas de nos conhecer... Mas nós passamos rapidamente. Em meio à população local, já criaram lendas a nosso respeito: uns dizem que vão para o exílio cinco generais e dois governadores; outros, que vai um conde com a família; uns terceiros, que levam membros da primeira Duma do Estado.[7] Por fim, a dona da casa em que estávamos hoje perguntou ao doutor:

---

7   A "Duma de Bulligyn" foi a assembleia legislativa convocada em meados de 1905 pelo tsar e boicotada pelo movimento revolucionário. Também em janeiro de 1907, foi eleita a segunda Duma, convocada no fim de fevereiro, como Trótski informa adiante. [N.E.]

— Por acaso, os senhores também são políticos?[8]
— Sim, somos.
— Será que os senhores são os chefes de todos os políticos?

Agora estamos em uma grande sala limpa, forrada de papel de parede; uma toalha engomada sobre a mesa, o piso envernizado, grandes janelas, duas luminárias. Tudo isso é muito agradável depois dos alojamentos sujos. Entretanto, é preciso dormir no chão, já que são nove pessoas no cômodo. Nosso comboio foi substituído em Tobolsk, e, tanto quanto a escolta em Tiumén era boa e bem-disposta para conosco, a de Tobolsk é covarde e rude. Isso se explica pela ausência de um oficial: os próprios soldados respondem por tudo. No entanto, depois de dois dias, a nova escolta amoleceu, e agora temos excelentes relações com a maioria dos soldados; e isso não é pouca coisa numa jornada tão longa.

A partir de Tobolsk, quase todas as aldeias têm exilados políticos, na maioria dos casos "agrários" (camponeses exilados por motins), soldados, operários e, apenas raramente, membros da *intelligentsia*. Há exilados administrativos e também exilados perpétuos. Nas duas aldeias pelas quais passamos, os "políticos" haviam organizado oficinas que dão algum rendimento. De modo geral, *até agora* não enfrentamos grandes necessidades. O fato é que a vida nesses lugares é extrema-

---

8   Nesta e em várias outras passagens, subentende-se "deportados". Trótski adota esse uso popular. [N.E.]

mente barata: os políticos instalam-se na casa dos camponeses por seis rublos ao mês, comida inclusa; tal quantia é estabelecida como norma pela organização local dos exilados. Com dez rublos, já é possível viver bastante bem. Quanto mais ao norte, mais cara é a vida e mais difícil é encontrar sustento.

Conhecemos uns camaradas que tinham vivido em Obdorsk. Todos falavam muito bem desse lugar. É uma aldeia grande. Mais de mil habitantes. Doze lojas. Casas como nas cidades. Muitos apartamentos bons. Excelente localização montanhosa. Um clima muito saudável. Os trabalhadores receberão salários. É possível ter aulas. Só que a comunicação é difícil. O isolamento de Obdorsk em relação à estrada de Tobolsk também explica sua relativa vivacidade, já que é um centro independente numa enorme área vazia.

A circulação dos exilados na província é muito animada. Barcos a vapor transportam os políticos gratuitamente. Todos estão tão acostumados com isso que os cocheiros-camponeses nos dizem o seguinte sobre a nossa designação para Obdorsk: "Bem, não será por muito tempo: vocês voltarão de barco na primavera...".

Mas quem sabe em que condições nós, membros do Soviete, seremos colocados... Por enquanto, foi dada a ordem para que nos sejam fornecidas as melhores *kochevás* e hospedagens ao longo do caminho.

1º de fevereiro. Iuróvsk

Hoje é igualzinho a ontem. Percorremos mais de cinquenta verstas. Perto de nós, na *kochevá*, um soldado me entreteve com histórias militares da Manchúria.[9] Fomos escoltados por soldados do regimento siberiano, o mais afetado pela guerra e quase totalmente renovado depois dela. Parte dele está em Tiumén, parte em Tobolsk. Os soldados de Tiumén, como já mencionei, tinham muita boa vontade para conosco, os de Tobolsk são rudes; entre eles, há um grupo significativo de centúrias negras[10] "convictos". O regimento é composto de poloneses, pequenos russos[11] e siberianos. O elemento mais estagnado são os nativos siberianos. Mas também há pessoas maravilhosas entre eles...

O guarda que me escolta está muito impressionado com as "chinesas".

---

9   Alusão à invasão russa da Manchúria (fim do século XIX) e à Guerra Russo-Japonesa (1904-05). [N.E.]
10 *Tchernosótentsi*: membros de organizações de extrema direita russa que surgiram no começo do século XX, após a revolução de 1905. Defendiam o tsarismo e promoviam o antissemitismo, a xenofobia, a perseguição aos ucranianos e o ultranacionalismo. [N.T.]
11 Nome atribuído aos atuais ucranianos no tempo do Império Russo. [N.T.]

— Que mulheres lindas! Os chineses têm baixa estatura e não se comparam a um homem de verdade. Já as chinesas são bonitas: brancas, cheias.

— E então? — perguntou nosso cocheiro, ex-soldado. — Nossos soldados se divertiam com as chinesas?

— Não... não chegavam até elas... Primeiro as chinesas eram levadas embora, depois os soldados eram autorizados a entrar. Porém, um dia os nossos apanharam uma chinesa no campo de sorgo e se regalaram. Um soldado acabou deixando o chapéu lá. Os chineses entregaram esse chapéu ao comandante, que reuniu todo o regimento e perguntou: "De quem é o chapéu?". Ninguém respondeu: o chapéu era o de menos. E não deu em nada. Mas as chinesas são bonitas...

Nas aldeias onde trocamos de cavalos, trenós atrelados já nos aguardam. Fazemos a transferência fora da aldeia, no campo. Normalmente toda a população se precipita para nos ver! Ontem os políticos queriam nos fotografar durante a troca dos cavalos e ficaram à espera com a câmera na administração do *vólost*; mas passamos por eles a toda velocidade, e não puderam fazer nada. Hoje, na entrada da aldeia onde agora pernoitamos, os políticos locais nos receberam com uma bandeira vermelha nas mãos. Eram quatorze pessoas, dentre elas cerca de dez georgianos. Os soldados alarmaram-se ao ver a bandeira vermelha. Começaram a brandir as baionetas, ameaçaram atirar. No fim das contas, a bandeira foi confiscada, e os manifestantes, afastados. Em nosso comboio, há alguns soldados agrupados em torno de um cabo *raskólnik*. É uma criatura extraordinariamente rude e cruel. Para ele não há prazer maior do que empurrar um menino cocheiro, quase matar de susto uma mulher tártara ou dar uma coronhada num cavalo. A cara impassível, a boca entreaberta, as gengivas descoradas e os olhos que não piscam dão-lhe um ar de idiota. O cabo opõe-se ferozmente ao suboficial que comanda o comboio: na sua opinião, o suboficial não demonstra determinação suficiente em relação a nós. Quando é necessário arrancar uma bandeira vermelha ou empurrar pelo peito um político que se aproximou demais de nossos trenós, o cabo está sempre à frente, encabeçando o grupo. Todos temos de nos conter para evitar um confronto mais brusco.

2 de fevereiro, à noite. Demiánskoe

Embora ontem à noite, quando entrávamos em Iuróvsk, tenham confiscado a bandeira vermelha, hoje apareceu uma nova, presa a uma estaca comprida sobre um monte nevado, à saída da aldeia. Dessa vez ninguém tocou na bandeira: os soldados, que tinham acabado de se acomodar no trenó, não queriam sair da *kochevá*. Então desfilamos perto dela. Em seguida, a uns cem passos da aldeia, quando descíamos em direção ao rio, vimos num dos lados da encosta nevada uma inscrição em letras garrafais: "Viva a revolução". Meu cocheiro, um rapaz de uns dezoito anos, riu alegremente quando li a inscrição. "E o senhor sabe o que significa 'Viva a revolução'?", perguntei a ele. "Não, não sei", respondeu depois de pensar um pouco. "Só sei que estão gritando 'Viva a revolução'." Mas ficou claro pelo seu semblante que ele sabia mais do que queria dizer. De modo geral, os camponeses locais, sobretudo os jovens, têm muita simpatia pelos políticos. Chegamos a Demiánskoe[12] à

---

12 Em russo, o nome dos assentamentos aparece quase sempre declinado na forma adjetiva. Ao pesquisar a forma substantiva, percebe-se que por vezes ela apresenta variações de acordo com as diversas línguas dos povos autóctones. Algumas ocorrências foram elucidadas com o auxílio da obra *Istoriia nasseliénykh punktov iugry. Kratkii nautchno-populiarnyi spravotchnik*. Moskva: Pero, s/d. [N.T.]

uma hora da tarde. Uma grande multidão de exilados veio nos encontrar – aqui eles são mais de sessenta; isso gerou a maior confusão na nossa escolta.

Pelo visto, já nos esperavam havia muito tempo e com muita agitação. Uma comissão especial fora eleita para organizar o encontro. Prepararam um magnífico almoço e um apartamento confortável na "comuna" local. Mas [os policiais] não nos deixaram entrar: tivemos de nos ajeitar numa isbá camponesa; o almoço foi servido lá. Encontros com os políticos são extremamente complicados para nós: conseguiram se aproximar por apenas alguns minutos, umas duas ou três pessoas por vez – cada uma com diferentes porções do almoço. Além disso, revezamo-nos na ida à loja sob escolta e, no caminho, trocamos algumas palavras com camaradas que ficaram de plantão o dia inteiro na rua. Uma das exiladas locais veio até nós em roupas de camponesa, sob o pretexto de vender leite, e interpretou muito bem o papel. Mas o senhorio pelo visto denunciou-a aos soldados, e estes exigiram que ela se retirasse imediatamente. Por azar, o cabo estava de plantão. Lembrei-me de como nossa colônia em Ust-kútski[13] (às margens do rio Lena) preparava-se para receber cada destacamento: cozinhávamos sopa de repolho, fazíamos *pelmeni*, enfim, preparávamos o mesmo que as pessoas de Demiánskoe. A passagem de um grande destacamento é um evento importante para toda colônia ao longo do caminho.

---

13 Distrito da região de Irkutsk, na Sibéria oriental. [N.T.]

4 de fevereiro, oito horas da noite. Iurtas de Tsingali

Diante do nosso insistente pedido, o *prístav* solicitou à administração de Tobolsk o aumento do ritmo do nosso deslocamento. Pelo visto, o pessoal de Tobolsk entrou em contato com Petersburgo e, em resposta, o oficial recebeu *carte blanche*[14] por telégrafo. Se considerarmos que de agora em diante faremos uma média de setenta verstas por dia, então chegaremos a Obdorsk entre 18 e 20 de fevereiro. Claro que isso é apenas um cálculo aproximado.

Estamos num pequeno povoado que se chama iurtas de Tsingali. Na verdade, não há iurtas aqui, e sim isbás camponesas, mas a população é composta principalmente de ostíacos. Fisicamente, eles têm uma expressão estrangeira muito pronunciada, mas sua maneira de viver e de falar é, em essência, camponesa. Contudo, bebem ainda mais do que os camponeses siberianos. Bebem diariamente, começam de manhã cedo e ao meio-dia já estão bêbados.

O professor N., um exilado local, contou-nos uma coisa curiosa: quando souberam da chegada de desconhecidos que eram recebidos com grande pompa, os ostíacos ficaram assustados, não beberam vinho e até

---

14 Em francês no original. [N.T.]

esconderam o que havia. Por isso, hoje a maioria está sóbria. À noite, porém, pelo que pude perceber, nosso anfitrião ostíaco voltou bêbado.

Aqui há zonas de pesca; carne é mais difícil de se conseguir. O professor que mencionei anteriormente organizou uma pequena cooperativa de pesca entre os camponeses e exilados, comprou redes, ele mesmo supervisiona tudo e transporta os peixes até Tobolsk. No verão passado, o grupo ganhou mais de cem rublos por pessoa. O povo está se adaptando. Ainda que o próprio N. tenha arranjado uma hérnia por causa da pesca.

6 de fevereiro. Samarovo

Ontem percorremos 65 verstas, hoje 73; amanhã avançaremos quase o mesmo. Já deixamos para trás as terras agrícolas. Os camponeses locais, tanto os russos como os ostíacos, dedicam-se exclusivamente à pesca.

A que ponto a província de Tobolsk é povoada por políticos! Não há literalmente nenhuma aldeiazinha remota na qual não haja exilados. Em resposta à nossa pergunta, o dono da isbá onde ficamos hospedados no *zemstvo* disse que antes não havia nenhum exilado por ali, mas que eles começaram a encher a província logo após o Manifesto de Outubro.[15] "Desde então não parou mais." Em muitos lugares, os exilados políticos "ganham a vida" junto com os nativos: recolhem e limpam as pinhas de cedro, pescam, coletam frutas silvestres, caçam. Os mais empreendedores organizaram oficinas cooperativas, grupos de pesca e lojas de insumos. A relação entre os camponeses e os políticos é excelente. Por exemplo, aqui em Samarovo – uma enorme aldeia comercial – os camponeses ofereceram aos políticos uma casa inteira de graça e deram de presente um

---

15 Manifesto do tsar Nicolau II, publicado em 17 de outubro de 1905, para tentar conter a ebulição social e política que culminou com a Revolução de 1905. O documento permitiu a criação da Duma nacional e de partidos políticos. [N.T.]

bezerro e dois sacos de farinha aos primeiros exilados. As lojas, segundo uma tradição estabelecida, cedem os produtos aos políticos a um preço mais baixo que aos camponeses. Parte dos exilados locais vive na comuna em casa própria, sobre a qual sempre tremula uma bandeira vermelha.

De passagem, quero compartilhar duas ou três observações gerais sobre o atual exílio.

O fato de a população "política" das prisões e da Sibéria estar se democratizando em sua composição social foi apontado, desde o início dos anos 1890, uma dezena, se não uma centena, de vezes. Os operários passaram a representar uma porcentagem cada vez maior de políticos, até que desbancaram o intelectual revolucionário acostumado a considerar a Fortaleza de Pedro e Paulo, a prisão de Kresty e o assentamento de Kolimá, com suas edificações hereditárias monopolizadas, uma espécie de sucessão legal. Entre 1900 e 1902, também tive a oportunidade de encontrar membros das organizações Naródnaia Vólia [Vontade do Povo][16] e Naródnoie Právo [Direito do Povo][17] que encolhiam os ombros, ressentidos, ao observar os botes de prisioneiros carregados de limpadores de chaminés de Vilna[18] ou de lenhadores de Minsk. Entretanto, o trabalhador exilado

---

16 Grupo populista revolucionário armado russo formado em 1879 e responsável pelo assassinato do tsar Aleksandr II em 1881. [N.T.]
17 Organização revolucionária democrática russa de cunho populista criada em 1893. [N.T.]
18 Atual Vilnus. [N.E.]

daquela época era, na maioria dos casos, membro de uma organização revolucionária e tinha uma relação política e moral um tanto elevada. Quase todos os exilados – exceto os trabalhadores da zona de assentamento[19] – eram previamente selecionados pela peneira da investigação policial, que, por mais grosseira que fosse, geralmente separava os trabalhadores progressistas. Isso mantinha o exílio num certo nível.

O exílio do período "constitucional" da nossa história tem um caráter totalmente distinto. Já não é uma organização, e sim um movimento espontâneo massivo; já não há investigação, nem mesmo policial, mas uma caça maciça nas ruas. A mais medíocre massa acaba não apenas no exílio, mas também sob as balas. Após a supressão de vários movimentos populares, iniciou-se o período das "ações guerrilheiras", expropriações com objetivos revolucionários, ou apenas sob o pretexto revolucionário, aventuras maximalistas[20] e simples ataques de vândalos. Quem não pôde ser enforcado no local foi mandado pela administração para a Sibéria. Está claro que em lutas tão colossais envolveram-se várias pessoas totalmente alheias, muitas delas aleatórias, que apenas roçaram a revolução com a ponta dos dedos, muitos curiosos, enfim, uma quantidade considerável de tipos imprudentes das ruas noturnas da

---

19 Alusão às políticas de segregação étnica sob o tsarismo. [N.E.]
20 Referência aos partidários do maximalismo, facção do Partido Socialista Revolucionário que exigia a aplicação total do programa socialista às vésperas da Revolução de 1905. [N.T.]

cidade grande. Não é difícil imaginar como isso afetou o nível do exílio.

Há uma outra circunstância que impacta fatalmente nesse sentido: as fugas. Está mais do que claro quais elementos fogem: os mais ativos, os mais conscientes, pessoas impelidas pelo partido e pela missão. Para se ter uma ideia da porcentagem de fuga, deve-se levar em conta que, dos 450 exilados de uma determinada parte da província de Tobolsk, ficaram apenas uns 100. Só os preguiçosos não fogem. Consequentemente, a massa principal de exilados é formada por um público medíocre, politicamente indefinido e aleatório. Aqueles indivíduos conscientes que, por alguma razão, não conseguiram fugir às vezes passam por dificuldades: afinal, todos os exilados políticos estão moralmente ligados ao povo por uma relação de responsabilidade mútua.

8 de fevereiro. Iurtas de Karimkrin

Ontem percorremos 75 verstas; hoje, 90. Chegamos cansados ao alojamento e nos deitamos cedo.

Estamos na aldeia ostíaca, numa isbazinha pequena e imunda. Na cozinha suja, com ostíacos bêbados, perambulam os enregelados soldados da escolta. Em outro compartimento, um cordeiro bale. Há um casamento na aldeia – agora é a época dos casamentos –, todos os ostíacos bebem e, de vez em quando, entram em nossa isbá.

Veio nos visitar um velho de Sarátov, um exilado administrativo, bêbado também. Acontece que ele e seu camarada vieram de Beriózov atrás de carne: "ganham a vida" com isso. Ambos são políticos.

É difícil imaginar o trabalho de preparação implementado para a nossa transferência. Nosso comboio, como já disse, é composto de 22 *kochevás* e emprega cerca de 50 cavalos. Tal quantidade de cavalos raramente está disponível numa aldeia, e eles vêm de longe. Em algumas estações, encontramos cavalos trazidos de *cem verstas* de distância! Por outro lado, os trechos aqui são muito curtos: a maioria é de dez a quinze verstas. Assim, o ostíaco tem de conduzir o cavalo por cem verstas para transportar dois membros do Conselho de Deputados Operários ao longo de dez verstas. Como não sabiam exatamente quando chegaríamos, os cocheiros, oriundos de lugares distantes, às vezes nos aguardavam *por duas semanas*. Eles se lembram de apenas um caso semelhante: quando o "próprio" governador passou por estas paragens...

Já mencionei algumas vezes a simpatia que, em geral, os camponeses dedicam aos políticos, a nós em particular. Um caso surpreendente aconteceu conosco em Belogorie, uma pequena aldeia, já no vilarejo de Beriózov.

Um grupo de camponeses locais organizou chá e petiscos e *arrecadou seis rublos para nós*.

Claro que recusamos o dinheiro, mas aceitamos beber o chá. O comboio, no entanto, se opôs, e não pudemos tomar a bebida. Na verdade, o suboficial permitiu, mas o cabo fez uma tempestade, gritou com a aldeia inteira, ameaçando denunciar o suboficial. Tivemos de sair da isbá, sem chá, com quase toda a aldeia nos seguindo. Uma verdadeira manifestação.

9 de fevereiro. Aldeia Kandínskoie

Percorremos mais cem verstas. Até Beriózov faltam dois dias. Chegaremos lá no dia 11. Hoje estou bem cansado: não comi nada ao longo das nove ou dez horas de viagem ininterrupta. Seguimos o tempo todo o Ob, ou os rios – os Obs, como dizem os cocheiros às vezes. A margem direita é montanhosa, arborizada. A esquerda, baixa. O rio é largo. O ar está calmo e cálido. Em ambos os lados da estrada erguem-se os pinheirinhos: espetam-nos na neve para marcar o caminho. Os ostíacos conduzem na maior parte do tempo. Fazem isso em duplas e em trios, atrelados em fila única, pois, quanto mais se avança, pior a estrada; os cocheiros levam um longo chicote de corda preso a um longo cabo. O comboio estende-se por uma imensa distância. De tempos em tempos, o cocheiro grita com voz selvagem. Então, os cavalos galopam em velocidade máxima ("a toda", como dizem por aqui). Levanta-se a densa poeira enevoada. É de tirar o fôlego. Uma *kochevá* salta sobre a outra, o focinho do cavalo projeta-se por detrás do ombro e respira na tua cara. Depois, alguém capota, algo de um cocheiro desata ou se rompe. Ele para. Para também todo o comboio. Você se sente hipnotizado pela longa viagem. Silêncio. Os cocheiros gritam sons guturais ostíacos uns para os outros... Então, os cavalos arrancam e cavalgam a toda. As paradas frequentes atrasam muito e não permitem que os cocheiros façam como acham melhor. Avançamos 15 verstas por hora, enquanto a verdadeira marcha aqui é de 18 a 20, até 25 verstas por hora...

A marcha rápida é algo corriqueiro na Sibéria e, em certo sentido, necessário em função das enormes distâncias. Mas uma assim nunca vi, nem mesmo no Lena.

Chegamos à estação. Além da aldeia esperam-nos as *kochevás* atreladas e os cavalos de reposição: duas *kochevás* para famílias que irão até Beriózov. Rapidamente trocamos de trenó e continuamos. Aqui o cocheiro senta de modo particular. Na parte dianteira da *kochevá* há uma tábua pregada bem na borda; esse lugar chama-se gazebo. O cocheiro senta-se sobre o gazebo, ou seja, na tábua lisa, com as pernas penduradas, de lado, para fora do trenó. Quando os cavalos galopam e a *kochevá* oscila, o cocheiro a direciona com seu próprio corpo, inclinando-se de um lado para o outro e, por vezes, empurrando com as pernas...

12 de fevereiro. Beriózov. Prisão

Há uns cinco ou seis dias – à época não escrevi sobre isso para não suscitar preocupações desnecessárias –, atravessamos uma área totalmente contaminada pelo tifo. Agora esses lugares já ficaram para trás. Nas iurtas de Tsingali, que mencionei em uma das cartas anteriores, o tifo atingiu trinta das sessenta isbás. O mesmo em outros vilarejos. Morte em massa. Não havia quase nenhum cocheiro que não tivesse perdido um parente. A aceleração da nossa viagem e a mudança do itinerário inicial relacionam-se diretamente com o tifo: o *prístav* acrescentou à motivação de seu pedido telegráfico a necessidade de passar o mais rápido possível pelos locais infectados.

Ultimamente, a cada dia avançamos noventa ou cem verstas em direção ao norte, ou seja, quase um grau de latitude. Graças a esse movimento contínuo, o declínio da cultura – se é que se pode falar de cultura aqui – surge diante de nós com nítida clareza. Todos os dias descemos mais um degrau rumo ao reino do frio e da selvageria. Essa é a sensação que experimenta um turista ao escalar uma montanha alta, atravessando uma zona após a outra... Primeiro, vieram os prósperos camponeses russos. Depois, os ostíacos russificados, que perderam metade da aparência mongol graças aos casamentos mistos. Logo passamos por uma faixa agrícola. Surge a figura do ostíaco-pescador, ostíaco-caçador: uma pequena criatura desgrenhada falando russo com dificuldade. Os cavalos tornam-se cada vez mais raros e piores: o transporte não tem um papel importante aqui, e um cão de caça nesses lugares é mais necessário e valioso do que um cavalo. A estrada também se fez pior: estreita, toda desnivelada... E, mesmo assim, de acordo com o *prístav*, "os exemplares" ostíacos daqui parecem ser um modelo de alta cultura em comparação com os que vivem nos afluentes do Ob.

Aqui nos tratam com perplexidade e desconcerto – como se fizéssemos parte, talvez, de um governo temporariamente deposto.

Um ostíaco perguntou hoje:

— Onde está o seu general? Mostre-me o general... É ele quem eu gostaria de ver... Nunca vi um general na vida...

Enquanto um ostíaco atrelava um cavalo ruim, outro lhe gritou:

— Dá uma caprichada; você não está atrelando para o *prístav*...

No entanto, também aconteceu um caso contrário, único do gênero, quando um ostíaco, por alguma razão relacionada à equipagem, disse:

— Esses membros não são lá grande coisa...

Ontem à noite chegamos a Beriózov. A senhora não vai exigir, é claro, que eu lhe descreva a cidade. Ela se parece com Verkholiénski, Kírensk e tantas outras com cerca de mil habitantes, um *isprávnik* e um erário. No entanto, aqui também exibem – sem garantia de autenticidade – o túmulo de Osterman[21] e o local onde está enterrado Ménchikov.[22] Os modestos ostíacos mostram ainda a velha casa em que Ménchikov fazia suas refeições.

Levaram-nos diretamente para a prisão. À entrada se encontrava toda a guarnição local, umas cinquenta pessoas enfileiradas. Como se pode ver, a prisão foi limpa e lavada duas semanas antes da nossa chegada, tendo sido previamente liberada dos prisioneiros. Em uma das celas encontramos uma grande mesa, coberta com uma toalha, cadeiras vienenses, uma mesinha de carteado, dois castiçais com velas e uma luminária de família. Quase comovente!

Vamos descansar aqui por uns dois dias, depois seguiremos adiante...

Sim, adiante... Mas ainda não decidi por qual caminho...

---

21 Andrei Ivánovitch Osterman (1686-1747), político e diplomata russo exilado em Beriózov, na Sibéria. [N.T.]
22 Aleksandr Danílovitch Ménchikov (1673-1729), estadista russo também exilado em Beriózov. [N.T.]

VOLTA

No início da viagem, na diligência, eu olhava para trás a cada "posto" e via, espantado, a distância da ferrovia aumentar mais e mais. Obdorsk não era o destino final de ninguém, muito menos o meu. A ideia da fuga não nos abandonava nem por um minuto. Porém, o enorme comboio e o atento regime de vigilância dificultavam bastante a fuga ao longo do caminho. É preciso reconhecer, contudo, que ela era possível mesmo assim – não em massa, claro, mas individualmente. Havia planos – alguns até bem plausíveis –, mas as consequências para os que ficassem eram assustadoras. Os soldados do comboio e, sobretudo, o suboficial eram os responsáveis por levar os exilados ao local do degredo. No ano passado, um suboficial de Tobolsk foi parar em um batalhão disciplinar por ter deixado escapar um estudante exilado de tipo administrativo. A escolta de Tobolsk ficou mais alerta, e o tratamento reservado aos exilados piorou muito. Depois disso, estabeleceu-se uma espécie de acordo tácito entre a escolta e os exilados: não fugir. Nenhum de nós atribuía uma validade absoluta a esse acordo, mas, mesmo assim, ele paralisou nossa determinação – e deixávamos um posto atrás do outro. No fim, quando havíamos percorrido cem verstas, desenvolvemos a inércia do movimento – e eu já não olhava para trás, mas para o futuro, almejava "sem sair do lugar", ocupava-me do recebimento pontual dos livros e jornais, queria me estabelecer... Em Beriózov, tal estado de espírito desapareceu imediatamente.

— Será que é possível sair daqui?

— Na primavera é fácil.
— Mas e agora?
— Difícil, mas temos de pensar que é possível. Porém, ainda não houve tentativas.

Todos, absolutamente todos, nos diziam que era fácil e simples sair na primavera. A essência dessa simplicidade reside na impossibilidade física de que os poucos policiais controlem os incontáveis exilados. Ainda assim, era possível a vigilância de quinze exilados, instalados em um só lugar e submetidos a uma atenção excepcional... Voltar agora seria mais seguro.

Para isso, acima de tudo, é preciso ficar em Beriózov. Ir até Obdorsk significa afastar-se mais 480 verstas do objetivo. Depois que declarei estar doente e cansado e que não poderia partir de imediato nem o faria voluntariamente, o chefe de polícia, após uma reunião com o médico, deixou-me ficar alguns dias em Beriózov para descansar. Fui internado em um hospital. Eu não tinha nenhum plano definido.

No hospital, estabeleci-me com relativa liberdade. O médico recomendou-me andar mais, e aproveitei os passeios para me orientar sobre a situação.

Pelo visto, o mais simples seria voltar pelo mesmo caminho que tínhamos tomado até Beriózov, ou seja, "pela grande estrada de Tobolsk". Mas parecia muito pouco seguro. É verdade que há um número suficiente de camponeses confiáveis que me transportariam secretamente de aldeia em aldeia. Mas, ainda assim, quantos encontros indesejáveis poderiam acontecer! Toda a administração vive e circula pela estrada. Em dois dias – e até mais rápido, se necessário – é possível ir de Beriózov até o primeiro ponto telegráfico e, de lá, alertar a polícia ao longo de todo o caminho até Tobolsk. Descartei tal direção.

Poderia atravessar os Urais em trenós puxados por renas e chegar a Arkhanguelsk[1] através do rio Íjma, lá esperar os primeiros vapores e ir para o exterior. Até Arkhanguelsk o caminho é seguro, pois passa por locais remotos. Mas quão seguro é parar na cidade? Eu não tinha nenhuma informação sobre isso e não havia como obtê-la em tão pouco tempo.

Pareceu-me mais interessante o terceiro plano: ir de rena até as usinas de mineração dos Urais, pegar o caminho de ferro de via estreita nos arredores das fábricas Bogoslóvski e seguir por ele até Kuchva, na confluência com a linha de Perm. E de lá: Perm, Viatka, Vólogda, Petersburgo...

Para as usinas de mineração é possível ir em renas diretamente de Beriózov, seguindo os rios Sosva ou Vogulka. Lá imediatamente se revela a natureza selvagem. Nenhum posto policial ao longo de mil verstas, nem um único povoado russo, somente raras iurtas ostíacas; de telégrafo, é claro, nem sinal; não há absolutamente nenhum cavalo em todo o caminho – a estrada é exclusivamente de renas. É preciso apenas ganhar algum tempo em relação ao pessoal da administração de Beriózov, e não me alcançarão, mesmo que se atirem na mesma direção.

Alertaram-me de que esse caminho está repleto de "dificuldades e perigos físicos". Às vezes, não há sinais de vida

---

[1] Cidade às margens do mar Branco, no noroeste da Rússia. [N.T.]

humana por cem verstas. As doenças contagiosas assolam os ostíacos, únicos habitantes da região; a sífilis não está erradicada, o tifo é um convidado frequente. Não há de quem esperar ajuda; neste inverno, por exemplo, nas iurtas de Ourvi, que ficam no curso do Sosva, morreu um jovem comerciante de Beriózov, Dobrovólski: passou duas semanas delirando de febre, desamparado... E se uma rena morrer e não houver onde arranjar uma substituta? E a nevasca? Às vezes, ela perdura por vários dias. Se te pega no caminho, é a morte. No entanto, fevereiro é o mês das nevascas. Será que existe mesmo um caminho até as usinas de mineração agora? A circulação em tais lugares é rara, e, se nos últimos dias os ostíacos não passaram por lá, a trilha deve estar totalmente coberta em muitos pontos. Isso significa que não é nada difícil se perder no caminho. Essas foram as advertências.

Não havia como negar o perigo. Certamente, a estrada de Tobolsk possui grandes vantagens quanto à segurança física e ao "conforto". Mas, por isso mesmo, é incomparavelmente mais perigosa no que diz respeito à polícia. Decidi viajar ao longo do Sosva... e não tenho motivos para me arrepender dessa escolha.

•

Faltava encontrar uma pessoa que se dispusesse a me levar até as usinas de mineração – ou seja, faltava o mais difícil.

— Espere, vou providenciar isso para o senhor — disse-me, após longas conversas e reflexões, um jovem comerciante "liberal", Nikita Serapiônitch, com quem eu vinha negociando sobre o assunto. A umas quarenta verstas daqui, nas iurtas, mora um ziriano chamado Nikífor... é um baita patife... tem duas caras, está disposto a qualquer coisa...

— E ele não bebe? — perguntei desconfiado.

— Como não? Bebe. E quem não bebe por aqui? Ele arruinou a vida com o vinho: era um bom caçador, antes conseguia muita zibelina, ganhava muito dinheiro... Mas está tudo bem: se ele entrar nesse negócio, se Deus quiser, ele vai se abster. Vou atrás dele, é um patife... mas, se ele não te levar, ninguém leva...

Nikita Serapiônitch e eu elaboramos um contrato com as condições do acordo. Eu compro um trio de renas, as melhores à disposição. A *kochevá* também é minha. Se Nikífor me levar em segurança até as usinas de mineração, as renas e a *kochevá* se tornarão propriedade dele. Além disso, eu lhe pagarei cinquenta rublos em dinheiro.

À tarde eu já sei a resposta. Nikífor está de acordo. Ele se dirigiu a um *tchum* a cerca de cinquenta verstas de sua residência e amanhã, na hora do almoço, trará três das melhores renas. Talvez o melhor seja partir amanhã ao anoitecer. Para isso, preciso de tempo a fim de estocar todo o necessário à viagem: boas botas de cano alto com meias de lã e pele de rena... *malitsa* ou *gus*, preparar provisões para uns dez dias. Todo esse trabalho foi assumido por Nikita Serapiônitch.

— Estou lhe dizendo — garantiu ele. — Nikífor vai levá-lo. Esse, sim, pode fazer isso.

— Se ele não começar a beber... — objetei hesitante.

— Não, que nada, se Deus quiser, não vai beber... Ele só tem medo de não achar o caminho na montanha: há oito anos não viaja. Talvez tenha de ir pelo rio até as iurtas de Chómi, e isso é muito mais longe...

De Beriózov até as iurtas de Chómi há dois caminhos: um pela montanha, cruzando diretamente o rio Vogulka em alguns lugares e passando pelas iurtas de Vijpurtim. O outro estende-se pelo Sosva, através das iurtas de Chaitansk, Maleievsk etc. Pela montanha, a distância diminui pela metade, mas o local é remoto, raramente um ostíaco passa por ele, e o caminho às vezes fica todo encoberto pela neve.

No dia seguinte, porém, foi impossível sair. Nikífor não trouxe nenhuma rena. Onde ele está e o que houve não se sabe. Nikita Serapiônitch estava muito envergonhado.

— O senhor não lhe deu dinheiro para comprar a rena, deu? — perguntei.

— Claro que não!... Também não sou nenhum ingênuo. Eu lhe dei apenas cinco rublos adiantados e, ainda por cima, na frente da esposa. Espere que vou até ele hoje de novo...

A partida atrasou pelo menos um dia. O policial pode exigir a qualquer momento que eu vá para Obdorsk. Começamos mal!

Saí no terceiro dia, em 18 de fevereiro.

Nikita apareceu no hospital de manhã e, aproveitando o momento conveniente em que não havia ninguém no meu quarto, disse resoluto:

— Hoje, às onze horas da noite, venha à minha casa sem que o vejam. Está decidido, vai partir à meia-noite. O pessoal lá de casa vai assistir a um espetáculo, ficarei sozinho. O senhor trocará de roupa e jantará na minha casa, vou levá-lo para a floresta no meu cavalo. Nikífor já estará à nossa espera. Ele o levará pela montanha: disse que ontem dois *nartis* ostíacos traçaram uma trilha.

— Está confirmado? — perguntei incrédulo.

— Confirmado e decretado!

Vaguei de um lado para o outro até a noite. Às oito fui para o quartel onde acontecia o espetáculo. Decidi que seria melhor assim. A sala estava lotada. Do teto pendiam três grandes lâmpadas, nas laterais ardiam velas presas em baionetas. Três músicos espremiam-se bem perto do palco. A primeira fila estava ocupada pela administração, na seguinte sentavam-se os mercadores misturados aos presos políticos, nas de trás estavam as pessoas mais simples: funcionários, comerciantes, jovens. Em ambas as paredes se encontravam postados os soldados. No palco já se encenava *O urso*, de Tchékhov. Anton Ivánovitch, o gordo, alto e bonachão assistente do médico, representou o "urso". A esposa do médico fez o papel da bela vizinha. O próprio médico sussurrava nos bastidores como apontador. Então, a cortina finamente decorada desceu, e todos aplaudiram.

No intervalo, os políticos reuniram-se em um grupo e compartilharam as últimas notícias. "Dizem que o chefe de polícia lamenta muito que os deputados casados não tenham ficado em Beriózov"; "O chefe, aliás, disse que é impossível fugir daqui"; "Bem, ele está exagerando", alguém se opôs, "se trazem para cá, quer dizer que também é possível voltar".

Os três músicos pararam de tocar, a cortina subiu. Encenaram *O trágico a contragosto*, peça sobre aquele pai de família na *datcha*.[2] O zelador do hospital militar representou o marido – de casaco de cetim e chapéu de palha em pleno fevereiro no Círculo Polar Ártico. Quando a cortina caiu sobre o drama do pai de família na *datcha*, despedi-me de meus companheiros e fui embora, alegando uma nevralgia.

Nikita Serapiônitch estava me esperando.

— O senhor tem tempo apenas para jantar e trocar-se. Nikífor tem ordens para partir ao local determinado quando baterem as doze na torre.

•

Por volta da meia-noite, saímos para o pátio. Lá fora parecia muito escuro. No crepúsculo via-se a *kochevá* atrelada a um cavalo. Deitei-me no fundo dela, após forrá-la apressadamente com o *gus*. Nikita Serapiônitch cobriu-me todo com um grande monte de palha e o amarrou com cordas: parecia que transportava alguma carga. A palha, misturada à neve, estava congelada. Com a respiração, a neve logo derreteu sobre o meu rosto, caindo nele em flocos molhados. Minhas mãos também congelavam na palha, pois eu tinha esquecido de vestir as luvas, e mexer-me sob as cordas era difícil. Bateram as doze horas na torre.

---

2 Referência à personagem Ivan Ivánovitch Tolkatchóv, da peça em um ato *Tráguik ponevóle (iz dátchnoi jízni)* [Trágico a contragosto (Da vida no campo)], escrita em 1889 por Anton Tchékhov, inspirada em seu conto "Odín iz mnóguikh" [Um entre muitos], de 1887. [N.T.]

A *kochevá* começou a se mover, saímos pelo portão e o cavalo rapidamente precipitou-se para a rua.

"Finalmente!", pensei. "Começou!" E a sensação do frio nas mãos e no rosto era-me agradável, como um verdadeiro sinal de que agora realmente "começou". Trotamos por vinte minutos, depois paramos. Um assobio estridente soou bem acima de mim, um claro sinal de Nikita. Logo se ouviu, a uma certa distância, um assobio em resposta, e, então, chegaram até nós algumas vozes indistintas. "Quem está falando?", pensei ansioso. Nikita, evidentemente, também compartilhava a minha preocupação, pois não me desamarrou e resmungou algo para si mesmo.

— Quem é? — perguntei a meia-voz através da palha.

— Só o diabo sabe — respondeu Nikita.

— Ele está bêbado?

— O negócio é o seguinte: sóbrio não está.

Enquanto isso, os que falavam saíram da floresta para a estrada.

— Está tudo bem, Nikita Serapiônitch, está tudo bem — ouvi uma voz. — Não se preocupe... este é meu amigo... e este velho é meu pai... é gente que anda na linha...

Nikita, resmungando, desamarrou-me. Diante de mim estava um mujique alto de *malitsa*, a cabeça descoberta, o cabelo de um vermelho vivo, cara de bêbado, mas ainda assim muito astuta, bem parecido com um ucraniano. Ao lado, havia um jovem rapaz calado e, na estrada, segurando-se numa *kochevá* que saíra da floresta, cambaleava um velho, pelo visto já completamente vencido pelo álcool.

— Não se preocupe, senhor, não se preocupe... — dizia o homem ruivo, que adivinhei ser Nikífor. — Este é o meu pessoal, coloco a mão no fogo por eles. Nikífor bebe, mas não perde a cabeça... Não se preocupe... Em touros[3] assim — apontou para as renas — como não levar... O tio Mikhail Egoritch diz: vá pela montanha... ontem mesmo dois trenós ostíacos passaram... e para mim a montanha é melhor... pelo rio todo mundo me conhece... Acabei de convidar Mikhail Egoritch para comer *pelmeni*... um ó-ti-mo mujique...

— Pare, pare, Nikífor Ivánovitch, arrume as coisas! — levantou a voz Nikita Serapiônitch. O outro se apressou. Em cinco minutos estava tudo organizado, e eu já me encontrava sentado numa nova *kochevá*.

— Ai, Nikífor Ivánovitch — disse Nikita com ar de reprovação. — Você fez mal em trazer essa gente, eu te disse... Bem, ouçam — voltou-se para eles. — Andem na linha!

— Na linha... — respondeu o jovem rapaz. O velho apenas agitou os dedos no ar, impotente. Despedi-me calorosamente de Nikita Serapiônitch.

— Toca!

Nikífor berrou com ousadia, as renas arrancaram e partimos.

•

As renas corriam vivazes, a língua pendurada de lado, respirando rápido: *tchu-tchu-tchu-tchu*... A estrada era estrei-

---

3 "бык" [*byk*] em russo, termo empregado não apenas para bovinos machos, mas também para alguns animais selvagens que possuem chifres, dentre eles os machos de alces e renas. [N.T.]

ta, os animais apinhavam-se e era impossível deixar de se maravilhar com o fato de não se embolarem uns nos outros ao correr.

— Tenho de dizer abertamente — Nikífor voltou-se para mim. — Não há renas melhores do que estas, estes touros são de primeira: setecentas cabeças no rebanho, mas melhores do que estas não há. O velho Mikhei primeiro não queria nem ouvir: não vou entregar estes touros. Mas depois de beber uma garrafa disse: pega. E, quando entregou as renas, começou a chorar. "Olha", ele disse, "este macho" — Nikífor apontou para a primeira rena — "não tem preço. Se voltar bem, compro de volta pelo mesmo valor". Este é o tipo de touro que temos. E custaram um bom dinheiro. Mas é preciso dizer a verdade: valem a pena. Um macho destes custa 25 rublos. E só o tio Mikhail Ossípovitch me emprestaria de graça. Ele me disse na cara: "Nikífor, você é um tolo", foi o que ele disse, "por que não disse logo que estava levando esse sujeito?".

— Que sujeito? — interrompi o relato.

— Ora, o senhor, digamos.

Mais tarde tive muitas oportunidades de notar que a palavra *sujeito* era uma das favoritas no vocabulário do meu guia.

Mal tínhamos nos afastado umas dez verstas, Nikífor de repente parou as renas, decidido.

— Aqui temos de desviar umas cinco verstas, passar pelo *tchum*... Lá tem um *gus* para mim. Aonde vou só com uma *malitsa*? Vou congelar. Também tenho um bilhete de Nikita Serapiônitch sobre o *gus*.

Fui pego totalmente de surpresa por este acontecimento absurdo: passar pelo *tchum* a dez verstas de Beriózov. Pelas respostas evasivas de Nikífor, entendi que ele deveria ter ido atrás do *gus* ainda ontem, mas passara os dois dias anteriores bebendo.

— Como queira — eu lhe disse. — Mas eu é que não vou atrás do *gus*. Que diabo! Devia ter resolvido isso antes... Se sentir frio, o senhor veste meu casaco de pele por cima da *malítsa*, estou sentado sobre ele agora. E, quando chegarmos ao local, lhe darei o casaco de pele de carneiro que estou usando, é melhor do que qualquer *gus*.

— Então está bem — concordou Nikífor imediatamente. — Para que precisamos do *gus*? Não vamos morrer congelados. Eia-eia! — gritou para as renas. — Estes nossos touros nem precisam de vara. Eia-eia!

Mas a vivacidade de Nikífor não durou muito. O vinho ganhou. Ele amoleceu totalmente, balançava nos trenós de um lado para o outro e caía num sono cada vez mais profundo. Algumas vezes eu o despertei. Ele estremecia, empurrava as renas com uma vara longa e murmurava: "Tudo bem, estes touros seguem em frente...". E adormecia de novo. As renas estavam quase parando, e apenas meu grito ainda as encorajava um pouco. Assim se passaram duas horas. Depois, eu mesmo cochilei e despertei após alguns minutos ao sentir que as renas tinham parado. Ainda não totalmente desperto, achei que tudo estava arruinado.

— Nikífor! — comecei a gritar com todas as forças, segurando-o pelo ombro. Em resposta, ele murmurou algumas palavras desconexas:

— O que eu posso fazer? Não posso fazer nada... Estou com sono...

Meu caso era realmente lamentável. Mal tínhamos percorrido trinta, quarenta verstas desde Beriózov. Uma parada a tal distância não estava, de jeito nenhum, nos meus planos. Vi que a situação não era brincadeira e decidi tomar providências.

— Nikífor! — gritei, tirando o capuz da sua cabeça bêbada e expondo-a ao frio intenso. — Se o senhor não se sentar como deve e não tocar estas renas, vou atirá-lo na neve e seguir sozinho.

Nikífor despertou um pouco: se foi o frio ou se foram as minhas palavras, não sei. Descobrimos que, enquanto dormia, deixara cair a vara das mãos. Cambaleando e se coçando, descobriu uma machadinha na *kochevá*, cortou um jovem pinheiro na estrada e retirou os galhos. A vara estava pronta, e nós retomamos a marcha.

Decidi manter Nikífor com pulso firme.

— O senhor compreende o que está fazendo? — perguntei-lhe da forma mais imponente possível. — Isto é uma piada ou o quê? Se nos alcançarem, acha que vão nos dar um prêmio?

— Eu não estou entendendo? — respondeu Nikífor, recobrando cada vez mais o juízo. — Mas o que é isso!... É só o nosso terceiro touro que está fraquinho. O primeiro é bom, melhor impossível, e o segundo também... mas o terceiro, preciso dizer a verdade, é uma grande porcaria...

O frio ficou perceptivelmente mais forte pela manhã. Vesti o *gus* por cima do casaco de pele de carneiro e estava me sentindo ótimo. Mas a situação de Nikífor ficava cada vez pior. O álcool estava saindo do seu corpo, o frio havia muito se introduzira sob sua *malitsa,* e o infeliz tremia todo.

— O senhor deveria vestir um casaco de pele — sugeri a ele.

— Não, agora é tarde demais: é preciso se aquecer primeiro, para depois esquentar o casaco.

Uma hora depois, surgiram iurtas na estrada: três ou quatro miseráveis isbazinhas de madeira.

— Vou dar uma passada de cinco minutos, me inteirar sobre o caminho e me aquecer...

Passaram-se cinco minutos, dez, quinze. Uma criatura coberta de pele aproximou-se da *kochevá*, ficou um pouco e partiu. Começou a clarear, a floresta e as iurtas miseráveis assumiram uma espécie de brilho sinistro aos meus olhos. "Como esta história vai acabar?", perguntava a mim mesmo. "Até onde irei com esse bêbado? Neste ritmo não será difícil nos alcançarem. Nikífor está zonzo, sabe lá Deus o que pode dizer a algum conhecido, e se alguém nos entregar em Beriózov será o fim. Mesmo que não nos alcancem, vão avisar por telégrafo todos os ramais das estações da ferrovia... Vale a pena prosseguir?", perguntei-me, em dúvida...

Passou-se cerca de meia hora. Nikífor não apareceu. Era preciso encontrá-lo, mas nem reparei em qual iurta ele tinha entrado. Aproximei-me da primeira e espiei pela janela. A lareira ardia brilhante num canto. No chão havia um caldeirão fumegante. O grupo estava acomodado em beliches, no centro, Nikífor tinha uma garrafa nas mãos. Tamborilei com todas as forças a janela e a parede. Um minuto depois Nikífor apareceu. Usava meu casaco de pele, que ultrapassava dois *verchoks* a barra da *malitsa*.

— Sente-se! — gritei-lhe em tom ameaçador.

— Já vai, já vai — respondeu ele muito dócil. — Está tudo bem, já me aqueci, daqui a pouco vamos. Vamos seguir à noite, assim não seremos vistos. É só esse nosso terceiro touro que... é inútil, melhor jogar fora...

Partimos.

•

Já eram cinco horas da manhã. A lua havia muito despontara e brilhava luminosa, o frio recrudescera, intuía-se a manhã no ar. Há muito tempo eu havia vestido o casaco de pele de ovelha por cima do de pele de rena e estava aquecido com ele; na condução de Nikífor sentiam-se a confiança e a alegria, as renas corriam muito bem, e eu dormitava tranquilo. De vez em quando, eu acordava e observava a mesma paisagem. Certamente atravessávamos áreas pantanosas, quase sem árvores, uns pinheirinhos mirrados e bétulas eriçavam-se sob a neve, a estrada serpenteava numa faixa estreita, quase imperceptível. As renas corriam incansáveis e com a precisão dos autômatos, sua respiração ruidosa lembrava o som das pequenas locomotivas. Nikífor atirou para trás o capuz branco e ficou com a cabeça descoberta. Os pelos brancos de rena apinhavam-se em sua cabeça ruiva desgrenhada, e parecia que ela estava coberta de gelo. "Vamos, vamos", pensei, experimentando no peito o afluxo de uma cálida onda de felicidade. "Pode ser que não percebam minha ausência por um ou dois dias... Vamos, vamos...", e adormeci novamente.

Por volta das nove da manhã, Nikífor parou as renas. Apareceu um *tchum*, uma grande tenda feita de pele de rena em forma de cone truncado quase no meio da estrada. Junto ao *tchum* havia trenós com renas atreladas, lenha cortada, pele de rena recém-tirada e pendurada numa corda, uma cabeça de rena esfolada com enormes chifres atirada ao chão; duas crianças trajando *malitsa* e *kissi* brincavam com cachorros.

— De onde veio esse *tchum*? — espantou-se Nikífor. — Pensei que não encontraríamos nada até as iurtas de Vijpurtim.

Ele foi se informar: eram os ostíacos de Kharumpalovsk, que vivem a duzentas verstas e vieram caçar esquilos no local. Recolhi os vasilhames e as provisões e, através de uma pequena abertura coberta de peles, nos metemos no *tchum* para tomar o desjejum e beber chá.

— *Paissí* — Nikífor cumprimentou os anfitriões.

— *Paissí, paissí, paissí* — responderam de todos os lados.

No chão jaziam peles amontoadas em círculos, e nelas pululavam silhuetas humanas. Ontem beberam e hoje estão todos de ressaca. No centro da sala ardia uma fogueira, e a fumaça saía livremente pela grande abertura no topo do *tchum*. Penduramos a chaleira e colocamos lenha. Nikífor conversava muito à vontade com os anfitriões ostíacos. Uma mulher levantou-se com um bebê, que pelo visto ela acabara de amamentar, e sem esconder os seios aproximou-se do fogo. Feia como a morte. Dei-lhe um doce. Imediatamente mais duas figuras se levantaram e avançaram em nossa direção. "Estão pedindo vodca", Nikífor traduziu para mim. Eu lhes dei álcool, um álcool dos infernos, 95 graus. Beberam franzindo o rosto e cuspiram no chão. A mulher de seios descobertos também bebeu sua parte. "O velho está pedindo mais", explicou-me Nikífor, levando um segundo cálice ao ostíaco idoso e calvo de bochechas vermelhas e reluzentes.

— Contratei esse velho — esclareceu depois — até as iurtas de Chómi por quatro *tselkovi*. Ele irá numa troica à frente, abrindo caminho para nós, e nossas renas correrão mais alegres atrás do trenó dele.

Bebemos chá, comemos e, como um presente de despedida, ofereci cigarros aos anfitriões. Depois, ajeitamos todas as coisas no trenó do velho, acomodamo-nos e partimos. O sol reluzia no zênite, a estrada atravessava a floresta, o ar era luminoso e alegre. À frente ia o ostíaco, puxado por três renas fêmeas prenhes. Tinha nas mãos uma enorme vara, encimada por um pequeno pomo de chifre e que embaixo terminava numa ponta aguda de metal; Nikífor também pegara uma vara nova. As fêmeas levavam velozes o leve trenó do velho, e nossos touros aprumaram-se e não ficaram nem um passo para trás.

— Por que o velho não cobre a cabeça? — perguntei a Nikífor, espantado ao ver a cabeça calva do ostíaco entregue ao frio extremo.

— Assim a bebida sai mais rápido — explicou Nikífor.

E, de fato, em meia hora o velho parou as renas e veio até nós atrás de bebida.

— Precisamos fazer um agrado pro velho — decidiu Nikífor, fazendo um agrado a si mesmo também. — É que as renas dele já estavam atreladas.

— E daí?

— Estava indo arranjar vinho em Beriózov. Então, pensei, e se ele falar demais? Aí o contratei. Assim nosso negócio fica mais garantido. Agora ele não vai pra cidade por pelo menos uns dois dias. Não tenho medo. O que eu tenho a ver com isso? Mas vão perguntar: quem estava levando? E como vou saber quem estava levando? Você é a polícia; eu, o cocheiro. Você está sendo pago? Teu trabalho é vigiar, o meu é levar. Não estou certo?

— Certo!

Hoje é 19 de fevereiro. Amanhã convocarão a Duma. Anistia! O primeiro dever da Duma será a anistia. Talvez... mas é melhor esperá-la a uns dez graus a oeste. "Assim nosso negócio fica mais garantido", como diz Nikífor.

•

Assim que deixamos as iurtas de Vijpurtim, topamos com uma bolsa na estrada, aparentemente com pão assado. Pesava mais de um *pud*. Apesar dos meus vigorosos protestos, Nikífor colocou o saco na *kochevá*. Aproveitei-me de sua modorra embriagada e, de mansinho, joguei na estrada o achado, que era um fardo a mais para as renas.

Quando acordou, Nikífor não encontrou nem o saco nem a vara que tinha conseguido no *tchum* do velho.

As renas são criaturas incríveis: não sentem fome nem cansaço. Não comeram nada por um dia até a nossa partida, e logo fará mais um dia que seguem sem se alimentar. Segundo a explicação de Nikífor, elas acabaram de "pegar o ritmo". Correm regularmente umas oito ou dez verstas por hora, sem se cansar. A cada dez ou quinze verstas, faz-se uma parada de dois, três minutos para que as renas se recuperem; depois, elas continuam. Essa etapa chama-se "corrida de renas", e, como aqui ninguém conta as verstas, a distância é medida em termos de corridas. Cinco corridas equivalem a umas sessenta, setenta verstas.

Quando alcançarmos as iurtas de Chómi, onde nos separaremos do velho e de suas renas fêmeas, teremos completado no mínimo dez corridas, uma distância considerável.

Por volta das nove da noite, quando já estava totalmente escuro, deparamos com alguns trenós pela primeira vez durante a viagem. Nikífor tentou desviar, sem parar. Mas sem sucesso: a estrada era tão estreita que não havia como mudar o rumo – as renas afundariam na neve até a pança. Os trenós pararam. Um dos cocheiros aproximou-se de nós; encarando Nikífor, chamou-o pelo nome: "Quem está levando? Para longe?".

— Não muito... — respondeu Nikífor. — Estou levando um mercador de Obdorsk.

O encontro o agitou.

— Foi o diabo que arranjou de me fazer dar de cara com ele. Eu não o via há cinco anos, e o diabo ainda me reconheceu. Esses são os zirianos do Liápin,[4] vivem a cem verstas daqui, estão indo a Beriózov atrás de mercadorias e vodca. Amanhã à noite estarão na cidade.

— Para mim tanto faz — respondi. — Já não podem nos alcançar. Só espero que o senhor não tenha problemas quando voltar lá...

— E o que pode me acontecer? Eu lhe digo: meu trabalho é levar, sou cocheiro. Se é comerciante ou político, como vou saber? Não está escrito na testa de ninguém. Você é policial, então vigia! Sou cocheiro, então eu levo. Não estou certo?

— Claro...

Caiu a noite, profunda e escura. A lua agora nascia apenas de manhãzinha. As renas, apesar da escuridão, mantinham-se firmes na estrada. Não deparamos com ninguém. À uma hora saímos da escuridão em direção a um ponto de luz brilhante e paramos. Junto à fogueira que ardia intensamente à beira da estrada, estavam sentadas duas figuras, uma grande e outra pequena. Água fervia num caldeirão, e um menino ostíaco raspava um bloco de chá na própria luva e jogava os pedacinhos na água fervente.

Entramos no círculo de luz, e nossa *kochevá* com as renas imediatamente mergulhou na escuridão. Junto à fogueira, ouviam-se sons de uma língua estranha e

---

4   Rio siberiano, afluente do Sosva do Norte. [N.T.]

incompreensível. Nikífor pegou um copo do menino e, recolhendo um pouco de neve, mergulhou-o por um momento na água fervente; em seguida, recolheu novamente neve perto do fogo e mais uma vez levou ao caldeirão. Parecia que estava preparando alguma bebida misteriosa sobre aquela fogueira perdida nas profundezas da noite e do deserto nevado. Depois, bebeu longa e avidamente.

Pelo visto, nossas renas estão começando a se cansar. A cada parada, deitam-se uma ao lado da outra e comem neve.

•

Por volta das duas horas da manhã, chegamos às iurtas de Chómi. Aqui decidimos dar um descanso para as renas e alimentá-las. As iurtas já não são como acampamentos nômades, mas sim moradias permanentes feitas com toras de madeira. No entanto, há uma enorme diferença em comparação com as iurtas nas quais ficamos na estrada de Tobolsk. Lá elas são, em essência, como uma isbá camponesa, com dois cômodos, um fogão russo, samovar, cadeiras – só que um pouco piores e mais sujas do que a típica isbá de um mujique siberiano. Aqui há um "cômodo" com uma fogueira rudimentar em vez do fogão, não há móveis, a entrada é estreita e há gelo em vez de vidro nas janelas. De todo modo, senti-me muito bem quando tirei o *gus*, o casaco de pele de carneiro e as *kissi*, que a velha ostíaca logo pendurou junto ao fogo para que secassem. Não comia havia quase um dia.

Como era bom sentar nos beliches cobertos de pele de rena e comer vitela fria com pão meio congelado à espera do chá. Bebi um cálice de conhaque, a cabeça meio zonza, cheguei a pensar que a viagem já tivesse terminado... Um jovem ostíaco de tranças longas entrelaçadas com fitas de pano vermelho levantou-se do beliche e foi alimentar nossas renas.

— E com o que vai alimentá-las? — indaguei.

— Com musgo. Ele vai deixá-las num lugar onde há musgo, elas mesmas tiram de debaixo da neve. Elas vão cavar um buraco, deitar-se nele e comer até se fartar. As renas não precisam de muito.

— E pão, elas não comem?

— Não comem nada além de musgo, a não ser que sejam acostumadas desde os primeiros dias com pão assado; mas isso raramente acontece.

A velha jogou mais lenha no fogo, depois acordou uma jovem ostíaca, e esta, cobrindo o rosto com um lenço para ocultá-lo de mim, saiu para o pátio – provavelmente para ajudar o marido, um jovem que Nikífor contratara por dois rublos para nos acompanhar até Ourvi. Os ostíacos são terrivelmente preguiçosos, todo o trabalho é feito pelas mulheres. E isso não apenas nos afazeres domésticos: não é raro encontrar uma ostíaca saindo armada para caçar esquilos e zibelinas. Um guarda florestal de Tobolsk contou-me sobre a preguiça dos ostíacos e outras coisas incríveis no que diz respeito à relação deles com as esposas. Ele teve de explorar áreas remotas do *uezd* de Tobolsk, chamadas "nevoeiros", e contratava ostíacos como guias por três rublos ao dia. Cada jovem ostíaco que entrava nos "nevoeiros" era acompanhado pela esposa, e cada solteiro ou viúvo, pela mãe ou irmã. A mulher carregava todos os suprimentos de viagem: machado, caldeirão, saco de provisões. O homem só levava uma faca no cinto. Quando acampavam, a mulher limpava o local, pegava o cinto do marido para aliviar-lhe o fardo, acendia uma fogueira e preparava o chá. O homem se sentava e, enquanto esperava, fumava cachimbo...

O chá ficou pronto e levei ávido a xícara à boca. Mas da água vinha um odor insuportável de peixe. Despejei na xícara duas colheres de essência de oxicoco e só isso atenuou o cheiro.

— Você não está sentindo? — perguntei a Nikífor.

— Peixe não nos incomoda, nós comemos cru quando ele acaba de sair da rede e ainda tremula nas mãos. Não há nada mais saboroso...

A jovem ostíaca entrou com o rosto ainda parcialmente coberto e, postando-se junto à fogueira, ajeitou o vestido com uma desenvoltura divina. Atrás dela entrou o marido que, por meio de Nikífor, propôs que eu comprasse dele uma peça de cinquenta peles de esquilos.

— Eu disse que o senhor é um mercador de Obdorsk, agora estão lhe oferecendo esquilo — esclareceu Nikífor.

— Diga que passarei na volta. Agora não tenho como levar isso comigo.

Bebemos chá, fumamos um pouco e Nikífor foi-se deitar nos beliches para dormir enquanto as renas se alimentavam. Eu também queria dormir até não poder mais, porém temia dormir direto até a manhã, por isso sentei-me com caderno e lápis junto à fogueira. Comecei a esboçar impressões dos primeiros dias da viagem. Como tudo é simples e bem-sucedido. Simples até demais. Às quatro horas da manhã, acordei os cocheiros e deixamos as iurtas de Chómi.

— Os homens e as mulheres ostíacos usam tranças com fitas e anéis; será que trançam os cabelos uma vez por ano?

— Tranças? Tranças eles usam bastante — respondeu Nikífor. — Quando estão bêbados, sempre medem forças com as tranças. Bebem, bebem, depois, de repente, agarram o cabelo um do outro. Então, o mais fraco diz: "Solta". O outro afrouxa. Depois bebem juntos novamente. Nunca discordam uns dos outros: eles não têm coração para isso.[5]

•

Depois das iurtas de Chómi, tomamos o caminho do Sosva. A estrada ora atravessa o rio, ora a floresta. Sopra um vento cortante, penetrante, e mal consigo fazer minhas anotações no caderno. Agora seguimos por um

---

5   Em russo, onde aqui se lê "discordam", foi usado o verbo *serdítsa* [zangar-se], cuja raiz é *siérdtse* [coração]. Optou-se na tradução por um termo que denotasse conflito e tivesse a mesma raiz de "coração" em português, de modo a manter o jogo de palavras estabelecido no original com a oração seguinte: "discordar", do latim *discors*, ou seja, dois corações divergentes. [N.T.]

campo aberto, entre um bosque de bétulas e o leito do rio. A estrada é implacável. Vejo o vento encobrindo a trilha estreita que nossos trenós acabaram de traçar. A terceira rena tropeça a cada passo da via atulhada. Afunda na neve até a pança, dá uns saltos desesperados, volta para a estrada, empurra a rena do meio e dá um encontrão na líder. O rio e o pântano congelados obrigam a avançar a passos lentos. Como se não bastasse, a rena líder mancava – o mesmo touro que não tinha outro igual. Arrastando a pata esquerda traseira, corre firme por uma estrada terrível; apenas a cabeça baixa e a língua pendente até o chão, com a qual ela lambia avidamente a neve ao correr, testemunhavam seus esforços excessivos. De repente, a estrada desceu e nos encontramos entre dois paredões de neve de 1,5 *archin* de altura. As renas amontoaram-se, e parecia que as duas laterais carregavam a do meio em seus flancos. Notei que a pata dianteira do líder estava coberta de sangue.

— Mas eu sou meio veterinário — explicou-me Nikífor. — Fiz uma sangria nela enquanto você dormia.

Ele parou a rena, sacou uma faca do cinto (chamamos essas facas de finlandesas), aproximou-se do animal e, segurando a faca entre os dentes, examinou longamente a pata machucada.

— Não entendo... que piada é essa? — disse ele, perplexo, e começou a cutucar com a faca mais acima do casco.

Durante a operação, o animal jazia com as patas encolhidas, sem emitir nenhum som, depois lambeu tristemente o sangue da pata ferida. As intensas manchas de sangue destacavam-se na neve, marcando o local da nossa parada. Insisti para que minha *kochevá* fosse atrelada às renas do ostíaco de Chómi e que as nossas puxassem o trenó leve. O pobre líder coxo foi amarrado atrás. De Chómi, seguimos por quase cinco horas, levará o mesmo tempo até Ourvi e somente lá será possível trocar as renas na casa do ostíaco Semiôn Pantiui, o rico pastor de renas. Mas será que ele concordará em deixar suas renas irem tão longe? Discuto a questão com Nikífor.

— Talvez eu tenha de comprar duas troicas de Semiôn — digo a ele.

— Bem, compremos então! — respondeu Nikífor.

Meu método de viagem produz nele a mesma impressão que as viagens de Phileas Fogg[6] tiveram em mim. Lembrem-se, ele comprava elefantes, barcos a vapor e, quando não havia combustível suficiente, jogava algum equipamento de madeira na caldeira da máquina. Quando está bêbado – ou seja, quase sempre –, Nikífor entusiasma-se só de pensar em novas dificuldades e despesas. Ele se identifica totalmente comigo, pisca ardilosamente para mim e diz:

— Esta viagem vai nos custar um bocado... Mas não nos importamos... Não ligamos para dinheiro! Touros? Se cair um, compramos outro. Eu ter pena dos touros? Nunca: enquanto aguentarem, seguimos. Eia, eia! O mais importante é chegar ao destino. Estou certo?

---

6   Protagonista do romance *A volta ao mundo em 80 dias* (1872), de Júlio Verne. [N.T.]

— Certo!
— Se Nikífor não conseguir te levar, ninguém leva. Meu tio Mikhail Ossípovitch (um bom mujique!) me diz: Nikífor, você vai levar esse sujeito? Leve. Pegue seis touros do meu rebanho; leve. Pegue de graça. E o cabo Suslikov diz: está levando? Aqui estão cinco *tselkovi* para você.
— Para quê? — pergunto a Nikífor.
— Para levar o senhor embora.
— Será que é por isso? E o que ele tem com isso?
— Por Deus, foi por isso mesmo. Ele ama seus irmãos, faz tudo por eles. Pois, afinal, por quem o senhor está se sacrificando? Pela comunidade, pelos pobres. "Aqui está, Nikífor", ele diz, "cinco *tselkovi*: pegue, Deus te abençoe. Aposto minha cabeça nisso", diz.

A estrada penetra na floresta e logo fica melhor: as árvores protegem-na das nevascas. O sol já brilha alto no céu, faz silêncio, e estou tão aquecido que tiro o *gus* e fico só com o casaco de pele de carneiro. O ostíaco de Chómi com as nossas renas fica para trás a todo momento, e temos de esperar por ele. Os pinheiros rodeiam-nos por todos os lados. Árvores enormes, sem nenhum galho até o topo, de um amarelo vivo, retas como velas. Parece que estamos andando por um belo parque antigo. O silêncio é absoluto. De vez em quando, só um par de perdizes brancas, que não se podem distinguir dos montes de neve, levanta voo e parte para as profundezas da floresta. O pinheiral termina de chofre, a estrada desce bruscamente até o rio, nós caímos, nos endireitamos, atravessamos o Sosva e seguimos de novo por um campo aberto.

Apenas raras pequenas bétulas erguem-se sobre a neve. Devemos estar passando por um pântano.

— E quantas verstas percorremos? — verifico com Nikifor.

— Umas trezentas, talvez. Mas quem vai saber? Quem mediu as verstas por aqui? O Arcanjo Miguel, mais ninguém... Sobre as nossas verstas, já diz o velho ditado: "Uma mulher mediu com um bastão, depois acenou com a mão...". Mas não faz mal: dentro de três dias estaremos nas usinas de mineração, se o tempo ajudar. Imagina, ai! ai!... Uma vez, perto do Liápin, uma nevasca me pegou: em três dias percorri cinco verstas... Deus nos livre!

Eis as Pequenas Ourvi: três ou quatro iurtas miseráveis, das quais apenas uma é habitada... Há uns vinte anos provavelmente estavam todas cheias de gente. Os ostíacos estão morrendo numa progressão assustadora... Daqui a umas dez verstas chegaremos às Grandes Ourvi. Será que encontraremos Semiôn Pantiui por lá? Vamos arranjar umas renas com ele? Com as nossas é impossível ir adiante...

•

... Que azar! Em Ourvi não encontramos os mujiques: estão todos com as renas em um *tchum* a duas "corridas de renas" de distância; temos de voltar algumas verstas e depois sair da estrada. Se tivéssemos parado nas Pequenas Ourvi e assuntado por lá, teríamos economizado algumas horas. Num estado de espírito que beirava o desespero, aguardei até que as mulheres nos arranjassem uma rena para substituir nossa líder manca. Como em toda parte, as mulheres de Ourvi estavam de ressaca e, quando comecei a desembrulhar as provisões, elas pediram vodca. Converso com elas por meio de Nikífor, que fala com a mesma fluência russo, ziriano e dois dialetos ostíacos: o "elevado" e o "baixo", quase totalmente diferentes um do outro. Os ostíacos daqui não falam uma palavra de russo. No entanto, os palavrões russos entraram completamente na língua ostíaca e, junto com a vodca, constituem a contribuição mais indiscutível da cultura estatal de russificação. Em meio aos obscuros sons da língua ostíaca, num local onde não se conhece a palavra russa *zdrávstvui* [olá], uma obscenidade familiar relampeja de repente como um meteoro brilhante, pronunciada sem o menor sotaque, perfeitamente clara.

De vez em quando, ofereço cigarros aos ostíacos e às suas mulheres, que os fumam com respeitoso desdém. A boca deles, temperada com álcool, é completamente insensível aos meus míseros cigarros. Até Nikífor, que respeita todos os produtos da civilização, confessou que meus cigarros não são dignos de atenção. "Não prestam", deu seu veredito.

Vamos para o *tchum*. Como tudo em volta é selvagem e deserto! As renas vagueiam por montes de neve, confundem-se entre as árvores no bosque primevo – e eu fico decididamente perplexo com como o cocheiro identifica a estrada. Ele tem alguma intuição especial para isso, como o têm estas renas, que de modo surpreendente desviam os chifres dos galhos dos pinheiros e das bétulas no bosque. O novo líder que nos foi dado em Ourvi tem enormes chifres ramificados de, no mínimo, cinco ou seis *tchetverts* de comprimento. A cada passo, a estrada é obstruída por galhos e tem-se a impressão de que a rena está sempre prestes a enredar os chifres neles. Mas, no último instante, ela faz um movimento quase imperceptível com a cabeça e nem uma agulha treme no galho com seu toque. Acompanhei por longo tempo essas manobras, com o olhar fixo, e elas me pareciam infinitamente misteriosas, como todas as manifestações do instinto parecem à nossa mente racional.

•

Azar aqui também! O velho proprietário partiu com um trabalhador para o *tchum* de verão, onde ficara parte das renas. Esperam-no a qualquer momento, mas ninguém sabe exatamente quando chegará. Seu filho, um jovem com o lábio superior partido ao meio, não se atreve a negociar sem ele. Temos de esperar. Nikífor deixou as renas se alimentarem de musgo e, para que não se misturassem com as renas nativas, passou algumas vezes a faca nas costas dos touros e deixou na lã suas iniciais. Depois, no tempo livre, consertou nossa *kochevá*, que tanto tinha sacolejado na estrada. Com desespero na alma, vaguei pela clareira, depois entrei no *tchum*. No colo de uma jovem ostíaca estava sentado um menino completamente nu de uns três ou quatro anos; a mãe o vestia. Como eles vivem com crianças nessas choças num frio de quarenta, até cinquenta graus negativos?

— À noite não tem problema — explicou-me Nikífor. — Você se enfia embaixo das peles e dorme. Eu mesmo passei mais de um inverno no *tchum*. À noite, o ostíaco fica todo nu e se mete na *malitsa*. Para dormir não tem problema, o difícil é levantar. A roupa inteira endurece com a respiração, dá até para cortar com um machado... O difícil é levantar.

A jovem ostíaca envolveu o menino com a barra da sua *malitsa* e o colocou no peito. Aqui se amamentam as crianças até os cinco ou seis anos.

Fervi água na lareira. Quando me dei conta, Nikífor estava despejando chá da minha caixinha na palma da mão (meu Deus, que mão era aquela!) e o derramando na chaleira. Não tive coragem suficiente para censurá-lo e agora tenho de tomar o chá que esteve numa mão que já viu muita coisa, mas há tempos não vê sabão...

A ostíaca amamentou o menino, lavou-o, em seguida o secou com serragem, vestiu-o e deixou-o sair do *tchum*. Fiquei surpreso com a ternura que demonstrava pela criança. Agora está sentada trabalhando: costura uma *malitsa* de pele e tendões de rena. O trabalho não é apenas resistente, mas sem dúvida também gracioso. A borda é toda decorada com padrões feitos de pedaços de pele de rena branca e escura. Em cada ponto é inserida uma tira de tecido vermelho. Todos os membros da família vestem *pími*, *malitsa* e *gus* feitos pelas mulheres da casa. Quanto trabalho tudo isso exige!

O filho mais velho está deitado num canto do *tchum*, doente há quase três anos. Arranja remédios onde é possível, toma-os em enorme quantidade e, no inverno, vive no *tchum* com uma abertura no teto. Tem um rosto de rara expressividade: os traços do sofrimento nele desenhados podem se confundir com os vestígios do pensamento... Lembro que foi precisamente aqui, junto aos ostíacos de Ourvi, que morreu há um mês Dobrovolski, o jovem comerciante de Beriózov que viera buscar peles. Ficou deitado aqui vários dias, delirando de febre, desamparado...

O velho Pantiui que aguardamos possui cerca de quinhentas renas. É conhecido em toda a região por sua riqueza. A rena aqui é tudo: alimento, vestimenta, transporte. Há alguns anos, uma rena custava de seis a oito rublos; agora, de dez a quinze: Nikífor atribui isso às incessantes epidemias que dizimam a espécie.

•

O crepúsculo adensa-se cada vez mais. Claro que ninguém vai conseguir renas a esta hora, mas não quero abandonar a última esperança e aguardo o velho com uma impaciência tal como talvez ninguém nunca o tenha esperado em toda a sua longa vida. Já estava totalmente escuro quando, enfim, ele chegou com os trabalhadores. O proprietário entrou no *tchum*, cumprimentou decentemente e sentou-se com eles junto ao fogo. Seu rosto, sábio e imponente, impressionou-me. Pelo visto suas quinhentas renas fazem com que se sinta um rei da cabeça aos pés.

— Fale com ele! — incitei Nikífor. — Para que perder tempo?

— Espere, ainda não dá: vão se sentar para jantar.

Entrou um trabalhador, um mujique alto, de ombros largos, cumprimentou com voz anasalada, trocou seus calçados molhados num canto e aproximou-se do fogo. Que fisionomia horrível! O nariz havia desaparecido totalmente do seu rosto disforme, o lábio superior levantado, a boca sempre semiaberta revelava rijos dentes brancos. Desviei o olhar horrorizado.

— Talvez seja a hora de lhes oferecer bebida? — sugeri a Nikífor, respeitando sua autoridade no assunto.

— Bem na hora! — responde Nikífor.

Pego uma garrafa. A nora, que à chegada do velho começou a cobrir o rosto, acende no fogo um pedaço de bétula e, usando-o como tocha, vasculha o baú à procura de uma taça metálica. Nikífor a enxugou com a barra da camisa e encheu até a borda. A primeira porção foi oferecida ao velho. Nikífor explicou-lhe que era álcool. Ele assentiu solene com a cabeça e bebeu em silêncio a taça inteira de álcool 95 graus, nem um músculo estremeceu em seu rosto. Depois, bebeu o filho mais novo, o do lábio fissurado. Bebeu à força, franziu seu rosto miserável e cuspiu no fogo por um bom tempo. Em seguida, o empregado bebeu e balançou a cabeça por muito tempo de um lado para o outro. Depois, ofereceram ao doente, que não bebeu até o fim e devolveu o cálice. Nikífor despejou o resto no fogo para mostrar a qualidade do produto que estava servindo: o álcool inflamou-se numa chama vívida.

— *Taak*[7] — disse o velho calmamente.

---

7   Em língua nativa no original, "forte". [N.T.]

— *Taak* — repetiu o filho, expelindo da boca um jato de saliva.

— *Saka taak*[8] — confirmou o trabalhador.

Então Nikífor bebeu e também achou forte demais. Diluíram o álcool com chá, Nikífor tampou o gargalo com o dedo e agitou a garrafa no ar. Todos beberam mais uma rodada. Diluíram mais uma vez, e mais uma vez beberam. Por fim, Nikífor começou a explicar a nossa questão.

— *Saka khoza* — disse o velho.

— *Khoza, saka khoza* — repetiram todos em coro.

— O que estão dizendo? — perguntei impaciente a Nikífor.

— Estão dizendo que é muito longe... Pedem trinta rublos pela ida até as usinas de mineração.

— E quanto para levar até Niaksimvol?

Nikífor resmungou algo com nítido desagrado, por um motivo que só compreendi mais tarde, mas ainda assim conversou mais um pouco com o velho e me respondeu:

— Até Niaksimvol são treze rublos, até as minas, trinta.

— E quando vão buscar as renas?

— Assim que clarear.

— E não tem como buscar agora?

Nikífor, com ar irônico, traduziu minha pergunta para eles. Todos caíram na gargalhada e balançaram a cabeça negativamente. Entendi que o pernoite era inevitável e saí do *tchum* para apanhar ar fresco. Tudo calmo e

---

8   Idem, "muito forte". [N.T.]

tépido. Andei meia hora pela clareira e depois fui dormir na *kochevá*.

Com o casaco de pele de ovelha e o *gus*, deitei-me numa espécie de covil feito de peles. Um halo de luz colorido pelo fogo moribundo irradiava sobre o *tchum*. Em volta, silêncio absoluto. As estrelas pendiam brilhantes e claras lá no alto. As árvores quedavam imóveis. O cheiro de pele de rena macerada pela respiração era um pouco sufocante, mas o calor do pelo era agradável; o silêncio da noite me hipnotizava, e adormeci com o firme propósito de colocar os mujiques de pé o mais rápido possível e partir bem cedo. Quanto tempo perdido! Um horror!

•

Despertei inquieto várias vezes, mas ao redor havia apenas escuridão. Por volta das cinco da manhã, quando começou a clarear, esgueirei-me no *tchum*, tateei para encontrar o corpo de Nikífor e o sacudi. Ele colocou o *tchum* todo de pé. Claro que a vida na floresta durante os invernos gelados não deixa ninguém passar incólume: ao acordar, tossiam, escarravam e cuspiam tanto no chão, que não suportei a cena e saí para tomar um ar. Na entrada do *tchum*, um menino de uns dez anos vertia água da boca sobre as mãos sujas e depois as esfregava no rosto sujo; finda a operação, secou-se meticulosamente com um punhado de serragem de madeira.

Logo em seguida, o empregado sem nariz e o filho mais novo com o lábio fendido saíram em esquis, acompanhados por cachorros, para capturar as renas e levá-las rumo ao *tchum*. Mas se passou uma boa meia hora até que surgisse o primeiro grupo de renas saindo da floresta.

— Devem ter se espalhado — explicou-me Nikífor. — Logo todo o rebanho estará aqui.

Mas não foi o que aconteceu. Só duas horas depois uma quantidade considerável de renas havia sido reunida. Vagavam tranquilas em volta do *tchum*, cavavam a neve com os focinhos, juntavam-se em grupos, deitavam-se. O sol já se levantara sobre a floresta e iluminava a clareira nevada onde ficava o *tchum*. As silhuetas das renas, grandes e pequenas, escuras e brancas, com chifres e sem chifres, delineavam-se com nitidez contra a neve. Uma imagem extraordinária que parece fantástica e não se esquece jamais. Os cães vigiam as renas. Um pequeno animal desgrenhado avança sobre o grupo de cinquenta cabeças de rena assim que elas se afastam do *tchum* – e as renas, num terror frenético, voltam correndo para a clareira.

Mas mesmo essa imagem não foi capaz de espantar os pensamentos sobre o tempo perdido. A abertura da Duma – 20 de fevereiro – era um dia infeliz para mim. Aguardo com impaciência febril o grupo completo de renas. Já passa das dez, e o rebanho ainda não foi todo reunido. Perdemos um dia aqui: agora está claro, antes das onze, doze horas, não conseguiremos partir, e até Ourvi são ainda vinte ou trinta verstas por uma estrada ruim!... Numa combinação de circunstâncias desfavoráveis, podem me alcançar ainda hoje. Se a polícia sentiu a minha falta já no dia seguinte à minha fuga e soube por algum dos incontáveis companheiros de bebida de Nikífor por qual caminho seguimos, então pode ter começado a perseguição na noite do dia 19. Nós mal percorremos trezentas verstas. Tal distância pode ser feita em um dia, um dia e meio. Ou seja, acabamos de dar ao inimigo tempo suficiente para nos alcançar. Esse atraso pode ser fatal.

Começo a atormentar Nikífor. Afinal, ontem eu disse que era preciso ir imediatamente até o velho e não esperar. Talvez, se eu tivesse oferecido alguns rublos extras, ele teria saído à noite. Claro, se eu mesmo falasse ostíaco, teria arranjado tudo. Mas Nikífor me acompanha por isto mesmo: porque não falo ostíaco... etc.

Nikífor olha emburrado e desvia o olhar.

— O que posso fazer se eles não querem? As renas deles são bem alimentadas e mimadas, como você vai pegá-las à noite? Mas está tudo bem — diz, voltando-se para mim. — Vamos chegar lá!

— Vamos chegar lá?

— Vamos chegar lá!

Também começo de repente a achar que *está tudo bem*, que *vamos chegar lá*. Além disso, a clareira já está toda coberta de renas, e os ostíacos nos esquis ressurgem da floresta.

•

— Agora vão laçar as renas — diz Nikífor.

Vejo como os ostíacos pegam o laço. O velho anfitrião junta lentamente as cordas na mão esquerda. Então, ouço uma prolongada troca de gritos indecifráveis. Pelo visto, chegam a um acordo, elaboram um plano de ação e escolhem a primeira vítima. Nikífor também se mete na conspiração. Ele espantou um grupo de renas e o empurrou até um amplo espaço entre o velho e o filho. O empregado ficou mais afastado. As renas assustadas correram numa massa compacta. Um rio de cabeças e chifres. Os ostíacos ficam de olho em algum ponto desse fluxo. Já! O velho jogou o laço e balançou a cabeça descontente. Já! O jovem ostíaco também falhou. Mas eis que o empregado sem nariz – cujo ar de confiança imperturbável, apesar de estar num campo aberto em meio às renas, inspirou-me respeito desde o início – atirou o laço, e só pelo movimento de seu braço ficou claro que não falharia. As renas esquivaram-se da corda, mas uma grande e branca, com uma tora atada ao pescoço, deu dois ou três saltos, parou e começou a girar no lugar: o laço tinha se enroscado em volta do pescoço e dos chifres.

Nikífor explicou-me que tinham capturado a rena mais astuta, que agita todo o rebanho e o leva embora quando ele é mais necessário. Agora o rebelde branco será amarrado, e as coisas vão melhorar. Os ostíacos começaram a empunhar o laço, enrolando-o na mão esquerda. Em seguida, gritaram entre si para criar outro plano de ação. A excitação coletiva da caçada tomou conta de mim. Soube por Nikífor que agora estavam de olho naquela fêmea grande com chifres curtos e comecei a participar das operações militares. De ambos os lados, impelimos as renas na direção dos três laços que as espreitavam. Mas parecia que a fêmea sabia o que a aguardava. Imediatamente se precipitou para o lado e teria partido para o bosque de vez, se os cães não a tivessem impedido. Tivemos de executar outra série de movimentos. Desta vez, o vencedor foi novamente o trabalhador, que aproveitou o momento oportuno e jogou o laço no pescoço da astuta fêmea.

— Essa fêmea é estéril — explicou-me Nikífor. — Não carrega bezerros, por isso é muito forte no trabalho.

A caçada estava ficando interessante, embora já se arrastasse demais. Logo depois da fêmea, uma rena enorme que parecia um verdadeiro touro foi capturada com dois laços. Em seguida, fizeram uma pausa: um grupo precioso de renas desvencilhou-se e escapou para a floresta. Mais uma vez, o empregado e o filho caçula foram de esqui para a floresta, e nós os esperamos por cerca de meia hora. A caçada, por fim, acabou sendo bem-sucedida, e com esforços reunidos pegamos treze renas: sete para mim e Nikífor, seis para os anfitriões. Por volta das onze horas da manhã, finalmente deixamos o *tchum* em quatro troicas de renas rumo a Ourvi. O trabalhador vai nos acompanhar até as usinas de mineração. Atrás de seu trenó está amarrada uma sétima rena, a sobressalente.

•

O touro manco, que tínhamos deixado nas iurtas de Ourvi ao partir para o *tchum*, nunca se recuperou. Estava deitado tristemente na neve e entregava-se sem laço. Nikífor aplicou-lhe mais uma sangria – tão inútil quanto a anterior. Os ostíacos garantiram que a rena tinha deslocado a pata. Nikífor ficou diante dela por um tempo, incrédulo, e depois a vendeu por oito rublos como carne a um dos proprietários locais. O homem levou o pobre animal arrastado com uma corda. E esse foi o trágico fim da rena que "não tinha igual no mundo". Curiosamente, Nikífor vendeu a rena sem pedir meu consentimento. Segundo nosso acordo, os touros passariam a ser sua propriedade apenas depois da chegada segura ao local. Eu realmente não queria vender para o abate a rena que me prestara um serviço tão valioso. Mas não ousei protestar... Terminada a negociação, Nikífor virou-se para mim, colocando o dinheiro na carteira, e disse: "São doze rublos de perda líquida". Que esquisito! Esqueceu que quem comprou as renas fui eu e que, segundo ele, elas me levariam ao local. Entretanto, não percorremos nem trezentas verstas e já tive de contratar outras.

Hoje está tão quente que a neve derrete. A neve amolecida voa dos cascos em grumos molhados para todos os lados. É duro para as renas. Nosso líder de um chifre só é um touro de aparência bastante modesta. À direita, está a fêmea estéril, arrastando as patas com afinco. No meio, uma pequena rena gorducha, que pelo visto ainda não descobriu o significado da palavra equipe. Escoltada à esquerda e à direita, ela cumpre suas funções diligentemente. O ostíaco conduz o trenó da frente com a minha bagagem. Sobre a *malitsa*, ele vestiu um manto vermelho vivo que se destaca como um ponto absurdo, mas ao mesmo tempo necessário, contra a neve branca, a floresta cinza, as renas cinza e o céu cinza.

A estrada é tão difícil que a tração dos trenós dianteiros já quebrou duas vezes: a cada parada, as lâminas aderem ao gelo e é difícil mover os trenós. Depois das duas primeiras corridas, as renas já estavam visivelmente cansadas.

— Vamos parar nas iurtas de Nildinsk para tomar chá? — perguntou-me Nikífor. — As próximas iurtas ficam bem longe.

Vi que os cocheiros queriam chá, mas seria uma pena perder tempo, sobretudo depois de ter passado um dia em Ourvi. Respondi negativamente.

— O senhor é quem manda — respondeu Nikífor e, irritado, cutucou a fêmea estéril com a vara.

•

Percorremos mais umas quarenta verstas em silêncio: quando está sóbrio, Nikífor fica carrancudo e calado. O tempo esfriou, a estrada congelou e tudo melhorou. Decidimos parar em Sangui-tur-paul. A iurta aqui é incrível: há bancos e uma mesa coberta com toalha engomada. Durante o jantar, Nikífor traduziu para mim parte da conversa do cocheiro sem nariz com as mulheres que nos serviam, e descobri coisas curiosas. Há cerca de três meses, a esposa do ostíaco se enforcou.

— E com o quê?
— Sabe-se lá o diabo com o quê — disse Nikífor. — Se enforcou "sintando" (sentando)[9] com a cordinha de um

---

9   Em russo, *sijá*, gerúndio incorreto do verbo *sidiéts*. O original traz a correção entre parênteses: *sidiá*. [N.T.]

esfregão velho e amarrando a ponta num galho de árvore. O marido estava na floresta caçando esquilos com outros ostíacos. Chegou o policial rural, também ostíaco, e o chamou: "Sua esposa está muito doente" — ou seja, eles também não anunciam abertamente: o pensamento relampeja em minha cabeça. — Mas o marido respondeu: "Por acaso não tem ninguém lá para acender o fogo na lareira? Para isso a mãe vive com ela. E em que posso ajudar?". Mas o policial insistiu, o marido veio até a iurta, mas a esposa já tinha "descansado". Já é sua segunda esposa — concluiu Nikífor.

— Como? A primeira também se enforcou?

— Não, a primeira morreu de causas naturais, de doença, como deve ser...

Acontece que as duas belas crianças que nosso ostíaco beijara na boca – para meu grande horror –, ao partir de Ourvi, são os filhos da primeira esposa. Com a segunda, ele viveu cerca de dois anos.

— Será que foi forçada a se casar? — perguntei. Nikífor foi investigar.

— Não — disse. — Ela mesma foi atrás dele. Depois ele deu trinta rublos aos velhos dela e foram viver todos juntos. Mas por que se enforcou ninguém sabe.

— Entre eles isso deve ser muito raro de acontecer, não? — perguntei.

— Não morrer de causas naturais? Entre os ostíacos isso acontece com frequência. No último verão, também tivemos um ostíaco que se matou com uma arma.

— Como? De propósito?

— Não, sem querer... E no *uezd* ainda teve um escrevente policial que se matou com um tiro. E sabe onde? Na torre de vigilância. Subiu lá no topo, disse "Tomem, seus filhos da puta!" e atirou em si mesmo.

— Era ostíaco?

— Não... Um tal de Molodtsovatov: o sujeito era russo... Nikita Mitrofanovitch.

•

Quando saímos das iurtas de Sangui-tur, já estava escuro. O degelo havia cessado há muito tempo, mas o clima continuava quente. A estrada estava ficando ótima, suave, mas não lamacenta: a melhor estrada para trabalhar, como diz Nikífor. Mal se ouvia a passada das renas, que puxavam os trenós sem o menor esforço. No fim das contas, tivemos de soltar a terceira e amarrá-la atrás, pois, pelo ócio, corriam de um lado para o outro e podiam quebrar a *kochevá*. Os trenós deslizavam suave e silenciosamente, como um barco num lago espelhado. Na densa penumbra, a floresta parecia ainda mais gigantesca. Eu não conseguia ver a estrada, quase não sentia o movimento dos trenós. Parecia que as árvores, enfeitiçadas, avançavam rapidamente sobre nós, já os arbustos esquivavam-se; velhos tocos cobertos de neve ao lado de bétulas esbeltas passavam por nós. Tudo parecia cheio de mistério. *Tchu-tchu-tchu-tchu...* ouvia-se a respiração rápida e regular das renas no silêncio da noite na floresta. E, nesse ritmo, vieram à mente milhares de sons esquecidos. De repente, nas profundezas da floresta escura, ouvi um silvo. Parecia misteriosa e infinitamente distante. Porém, era apenas o ostíaco, a cinco passos de mim, entretendo as renas. Em seguida, mais uma vez silêncio, mais uma vez um silvo distante, e as árvores disparavam silenciosas de escuridão em escuridão.

Um pensamento perturbador começa a se apoderar da minha mente sonolenta. Pelas condições da minha viagem, os ostíacos devem me tomar por um rico comerciante. A floresta remota, a noite escura, nenhum homem ou cão num raio de cinquenta verstas. O que poderia detê-los? Ainda bem que tenho um revólver. Mas está trancado numa maleta, e ela está atada ao trenó do cocheiro – o mesmo ostíaco sem nariz que, neste exato momento, começa a me parecer especialmente suspeito por alguma razão. Decido que na próxima parada tenho de tirar o revólver da maleta e mantê-lo perto de mim.

Que criatura assombrosa é o nosso cocheiro de manto vermelho! Pelo visto, a ausência do nariz não afetou seu olfato: é como se, por intuição, ele identificasse o lugar e encontrasse o caminho. Conhece cada arbusto e, na floresta, se sente como em sua iurta. Ele diz algo a Nikífor: parece que aqui há musgo debaixo da neve, quer dizer que podemos alimentar as renas. Paramos e desatrelamos as renas. Eram três horas da manhã.

Nikífor contou-me que as renas zirianas eram muito astutas e que ele, Nikífor, nunca as deixava soltas, sempre atreladas, não importava quantas vezes as levasse para comer. Soltar uma rena é fácil, mas e para pegá-la depois? Entretanto, o ostíaco tinha outra opinião e decidiu soltar as suas, na confiança. Tamanha generosidade me cativava, mas, desconfiado, eu olhava atento a cara delas. E se acharem mais atraente o musgo que cresce nos arredores do *tchum* de Ourvi? Seria realmente lamentável. Em todo caso, antes de soltar as renas baseando-se apenas em fundamentos morais, os cocheiros derrubam dois pinheiros altos e cortam-no em sete toras de 1,5 *archin* cada. Essas toras, como um princípio de contenção, são penduradas no pescoço de cada rena. Esperamos que esses pingentes não se mostrem leves demais...

Depois de soltar as renas, Nikífor cortou lenha, fez um círculo pisoteando a neve na beira da estrada, armou uma fogueira no sulco, espalhou galhos de abeto ao redor e improvisou um estrado como assento. Em dois galhos úmidos enfiados na neve, penduramos dois caldeirões, que fomos enchendo de neve à medida que ela derretia... Tomar chá em volta da fogueira na neve de fevereiro provavelmente teria me parecido muito menos atraente se o frio fosse de −40 °C, −50 °C. Mas o céu foi extraordinariamente benevolente: o clima era calmo e cálido.

Temendo adormecer, não me deitei com os cocheiros. Fiquei sentado por cerca de duas horas perto da fogueira, alimentando o fogo e registrando minhas impressões de viagem à sua luz cintilante.

•

Assim que começou a amanhecer, acordei os cocheiros. As renas foram apanhadas sem nenhuma dificuldade. Enquanto eram trazidas e atreladas, clareou, e tudo adquiriu um ar absolutamente prosaico. Os pinheiros diminuíram de volume. As bétulas não se precipitavam mais ao nosso encontro. O ostíaco tinha um ar sonolento, e minhas suspeitas noturnas dissiparam-se como fumaça. Ao mesmo tempo, lembrei que o velho revólver, que eu conseguira antes de partir, tinha apenas duas balas e que me convenceram a não atirar para evitar acidentes. Ele ainda estava na maleta.

Veio uma floresta sem fim: pinheiro, abeto, bétula, o poderoso lariço, cedro e, sobre o rio, o salgueiro flexível. A estrada é boa. As renas correm regularmente, mas sem agilidade. No trenó dianteiro, o ostíaco cabisbaixo cantarola uma melancólica canção de quatro notas só. Talvez se lembre da velha corda com a qual a segunda esposa se enforcou. Floresta e mais floresta... Monótona em sua imensidão e, ao mesmo tempo, imensamente diversa em suas combinações internas. Vejo um pinheiro podre tombado de través na estrada. Enorme, todo o seu comprimento está coberto por uma mortalha de neve que paira sobre nossa cabeça. E aqui, pelo visto, no último outono, a floresta ardeu. Troncos secos, retos e sem casca, sem ramos, quedam como inúteis postes telegráficos espetados, ou como mastros desprovidos de velas num porto congelado. Percorremos uma área incendiada ao longo de várias verstas. Ressurge, então, o abeto frondoso, sombrio, denso. Os velhos gigantes espremem-se uns contra os outros, seus topos encerram-se no alto e não dão acesso aos raios de sol. Os ramos estão cobertos por filamentos verdes, como se estivessem revestidos por uma teia áspera. As renas e as pessoas parecem menores em meio a estes abetos centenários. De repente, o bosque fica menos denso, e centenas de jovens pinheiros irrompem à mesma distância uns dos outros na planície de neve. Súbito, ao fazer uma curva na estrada, nosso comboio quase colidiu com um pequeno trenó carregado de lenha, puxado por três cães e conduzido por uma menina ostíaca. Ao lado ia um menino de uns cinco anos. As crianças são muito bonitas. Notei que, em geral, as crianças ostíacas são graciosas. Mas por que, então, os adultos são tão feios?

Floresta, floresta... Aqui de novo um incêndio, aparentemente antigo: em meio aos troncos queimados, a vegetação rasteira brota e segue em direção à montanha.

— Por que as florestas pegam fogo? É por causa das fogueiras?

— Que fogueira? — responde Nikífor. — Aqui não tem vivalma no verão: no verão, a viagem é feita pelo rio. As florestas pegam fogo por causa das nuvens carregadas. As nuvens descarregam e incendeiam. Ou então uma árvore esfrega na outra até pegar fogo: o vento as balança e, no verão, a árvore fica seca. Apagar? Quem vai apagar aqui? O vento espalha o fogo, o vento também o apaga. A resina arde, a casca racha, as agulhas queimam, mas o tronco permanece. Depois de uns dois anos, a raiz seca, o tronco cai...

Aqui há muitos troncos nus prontinhos para desabar. Um ou outro ainda se apoia nos ramos finos do abeto vizinho. E esse tombou totalmente na estrada, mas se mantinha, só Deus sabe como, a uns três *archins* acima da terra. Temos de nos inclinar para não rachar a cabeça. Novamente, uma faixa de rijos abetos estende-se por vários minutos, então, súbito, abre-se uma clareira até o rio.

— Nestas clareiras é bom caçar patos na primavera. A ave voa de cima para baixo na primavera. Aqui, no pôr do sol, você estende uma rede de uma árvore à outra, até o topo. Uma rede tão grande quanto uma tarrafa. Você deita debaixo da árvore. O pato voa com o bando para a clareira, e, quando anoitece, todo o bando fica preso na rede. Então você puxa a corda, a rede tomba e a presa fica coberta. Dá para pegar até cinquenta de uma vez. Você só tem de dar uma mordida.

— Como assim dar uma mordida?

— Você tem de matar para que não saia voando, não tem? Pois então, você arranca a cabeça deles com o dente rapidinho... o sangue escorre aos montes pelos lábios... Claro que também dá para matar com um pedaço de pau, mas com o dente é mais certeiro...

No início, as renas, assim como os ostíacos, pareciam-me todas iguais. Mas logo descobri que cada uma das sete renas tinha sua própria fisionomia e aprendi a distingui-las. Às vezes sinto ternura por esses animais extraordinários que já me aproximaram quinhentas verstas da ferrovia.

Nosso álcool acabou, Nikífor está sóbrio e taciturno. O ostíaco canta sua canção sobre a corda do esfregão. Em alguns momentos é indescritivelmente estranho pensar que eu, justamente eu e não um outro qualquer, me perdi no meio destes vastos espaços desérticos. Os dois trenós, as sete renas e os dois homens: tudo avança por mim. Dois homens, adultos, pais de família, deixaram sua casa e suportam todas as dificuldades da estrada porque é necessário a um terceiro, um total desconhecido para ambos.

Tais relações existem em todo e qualquer lugar. Mas talvez em nenhum outro elas possam impressionar mais a imaginação como aqui, na taiga, onde se apresentam de forma tão nua e crua...

•

Depois da alimentação noturna das renas, passamos pelas iurtas de Saradeiskie e Menk-iá-paul.[10] Apenas em Khangli fizemos uma pausa. Talvez aqui o povo seja ainda mais selvagem do que nas outras iurtas. Tudo para eles é novidade. Meus utensílios de mesa, minhas tesouras, minhas meias, o cobertor na *kochevá*: tudo provocava admiração e espanto. Cada vez que viam uma coisa nova, todos grasnavam. Para comprovar, desembrulhei um mapa da província de Tobolsk e li em voz alta o nome de todas as iurtas e riachos vizinhos. Eles ouviram boquiabertos e, quando terminei, disseram em coro, conforme traduziu Nikífor, que tudo estava absolutamente correto. Eu não tinha trocados e, em agradecimento pelo abrigo

---

10 A partícula "(iá)-paul" significa "local de moradia" em língua ostíaca e aparece com pequenas variações no original. [N.T.]

e pelo fogo, dei a cada homem e mulher três cigarros e um doce. Todos ficaram satisfeitos. Uma velhinha ostíaca, menos feia que as outras e muito vivaz, literalmente se apaixonou por mim, quer dizer, na verdade, pelos meus pertences. Em seu sorriso, via-se que seu sentimento era uma admiração totalmente desinteressada pelos fenômenos do outro mundo. Ela me ajudou a cobrir os pés com um cobertor, depois apertamos as mãos carinhosamente na despedida e cada um disse algumas palavras afetuosas em sua própria língua.

— E a Duma vai se reunir em breve? — perguntou-me Nikífor inesperadamente.

— Já faz três dias que se reuniu...

— Ahã... E o que ela vai fazer agora? *Eles* têm de... têm de raciocinar. Pra gente não tem moleza. A farinha, por exemplo, custava mais ou menos um rublo e quinze copeques, mas agora, olha só, um ostíaco disse que custa um e dezoito. Como vamos sobreviver com esses preços? E nós, zirianos, somos mais pressionados: se a carroça trouxe palha, paga; se cortou uma braça de lenha, paga. Os russos e os ostíacos dizem: "A terra é nossa". Tomara que a Duma faça alguma coisa. Nosso *uriádnik* não é nada mau, mas o *prístav* não é do nosso agrado.

— Não vão deixar a Duma intervir: vão dissolver.

— É isso mesmo, vão dissolver — concordou Nikífor, acrescentando algumas palavras fortes, cuja energia poderia fazer inveja a Stolipin, o ex-governador de Sarátov.

Chegamos às iurtas de Niaksimvol à noite. Ali as renas podiam ser trocadas, e decidi fazer isso, apesar da oposição de Nikífor. Ele insistiu o tempo todo para que fôssemos com as renas de Ourvi "direto", sem trocar, apresentando os argumentos mais absurdos e inventando todo tipo de obstáculo. No início, admirei-me do seu comportamento, até entender que ele estava pensando no caminho de volta: com as renas de Ourvi, voltaria para o *tchum* onde tinham ficado as suas. Mas não cedi e, por dezoito rublos, contratamos renas frescas até Nikito-Ívdelskoe, uma importante zona mineradora nos Urais. É a última parada do trajeto das renas. De lá até a ferrovia, ainda tem um caminho de quinhentas verstas a percorrer a cavalo. De Niaksimvol até Ívdel são 250 verstas, um dia de viagem em bom ritmo.

Lá se repetiu a mesma história de Ourvi: não é possível apanhar renas à noite; tivemos de pernoitar.

Ficamos numa pobre isbá de zirianos. O anfitrião trabalhava como gerente em um comércio, mas não se deu bem com o dono e agora está sem emprego. Desde o primeiro momento, ele me impressionou com seu discurso culto, que nada tinha a ver com a fala camponesa. Conversamos. Com pleno entendimento, ele discutiu sobre as possibilidades de dissolver a Duma, sobre as chances de um novo empréstimo estatal. "Publicaram todo o Herzen?",[11] indagou ele, entre outras coisas. Ao

---

11 Referência a Aleksandr Ivánovitch Herzen (1812-70), escritor e filósofo russo de esquerda, crítico do sistema político monárquico na Rússia e defensor de reformas de cunho socialista. [N.T.]

mesmo tempo, esse homem esclarecido é um completo bárbaro. Não move um dedo para ajudar a esposa, que sustenta toda a família. Ela assa pães para os ostíacos – duas fornadas por dia. Carrega sozinha lenha e água e, ainda por cima, cuida dos filhos. Durante toda a noite que passamos em sua casa, ela não dormiu nem um minuto. Atrás da divisória queimava uma lamparina e, pelo barulho, dava para perceber que ela sovava a massa. De manhã, estava de pé como sempre, preparando o samovar, vestindo as crianças e entregando ao marido recém-desperto as *pími* secas.

— Por que seu marido não a ajuda? — perguntei-lhe quando estávamos a sós na isbá.

— É que ele não tem trabalho de verdade. Aqui não tem onde pescar. Pele ele não está acostumado a caçar. Não cultivam a terra aqui; no ano passado, pela primeira vez, os vizinhos tentaram plantar. O que ele vai fazer? Nossos homens não fazem trabalhos domésticos. E são preguiçosos também, tenho de dizer a verdade; não são muito melhores do que os ostíacos. É por isso que as moças russas nunca se casam com os zirianos. Para que elas vão laçar um desses? Só nós, as zirianas, já estamos acostumadas.

— E as zirianas se casam com russos?

— À vontade. Os homens russos gostam de se casar com as nossas mulheres, porque ninguém trabalha mais do que uma ziriana. Mas uma moça russa jamais procura um ziriano. Nunca houve um caso desses.

— A senhora disse que seus vizinhos tentaram plantar. E a colheita?

— A colheita foi muito boa. Semearam 1,5 *pud* de centeio, colheram trinta. Semearam outro *pud*, colheram vinte. Daqui, são quarenta verstas de campo arado.

Niaksimvol é o primeiro lugar no caminho onde ouço falar sobre atividade agrícola.

•

Só conseguimos sair depois de meio-dia. O novo cocheiro, como todos os cocheiros, prometeu sair "ao amanhecer", mas, na verdade, trouxe as renas somente ao meio-dia. Ele mandou um menino nos acompanhar.

O sol brilhava deslumbrante. Era difícil abrir os olhos: mesmo através das pálpebras, a neve e o sol derramavam-se nos olhos como metal fundido. Ao mesmo tempo, soprava um vento constante e frio que impedia a neve de derreter. Só quando entramos na floresta os olhos puderam descansar. A floresta é igual à de antes, igual também é o número de pegadas de animais que, com a ajuda de Nikífor, aprendi a distinguir. Ali, as viravoltas sem sentido de uma lebre nos confundem. Há uma grande quantidade de pegadas de lebre, pois aqui ninguém as caça. Vejo um círculo inteiro traçado por patas de lebre, e do seu raio pegadas dispersam-se em todas as direções. Como se tivesse acontecido uma reunião noturna e, surpreendidas pela patrulha, as lebres tivessem saído em disparada. Também abundam as perdizes, aqui e ali se veem os rastros de suas patas afiadas na neve. Ao longo do caminho, numa linha reta de uns trinta passos, estendiam-se as pegadas sorrateiras da raposa. Pela encosta nevada, descem até o rio, uma após a outra, em fila, as pegadas de lobos-cinzentos, espalhando sempre o mesmo rastro. Por toda parte, disperso e quase invisível, o rastro do rato-do-campo-pigmeu. O leve arminho deixou vestígios em muitos lugares, como a marca dos nós de uma corda esticada. Neste ponto a estrada é atravessada por uma série de enormes buracos: quem os fez foi o desajeitado alce.

À noite, paramos de novo, soltamos as renas, acendemos uma fogueira, tomamos chá; de manhã, mais uma vez, espero febrilmente pelas renas. Antes de ir atrás delas, Nikífor avisou que uma tinha se livrado do pedaço de madeira atado ao pescoço.

— E ela fugiu? — perguntei.

— O touro está aqui — respondeu Nikífor, e imediatamente começou a repreender com severidade o proprietário das renas por não ter nos fornecido nem corda nem laço para contê-las na estrada. Percebi que as coisas não andavam muito bem.

Primeiro capturaram um touro que, por acaso, aproximou-se dos trenós. Nikífor rouquejou longamente na língua das renas para ganhar sua confiança. O animal chegou muito perto, mas, assim que percebeu um movimento suspeito, logo se atirou para trás. A cena repetiu-se três vezes. Por fim, Nikífor pegou uma pequena corda na *kochevá*, fez alguns laços e cobriu-os com neve. Em seguida, recomeçou a rouquejar e a grulhar, insinuante. Quando a rena se aproximou, cautelosa, Nikífor puxou a corda, e o pedaço de madeira caiu no laço. O touro capturado com a corda foi arrastado para a floresta até o restante das renas, como uma isca. Uma boa hora passou-se depois disso. Amanheceu completamente na floresta. De tempos em tempos, eu ouvia vozes à distância. Depois tudo ficou novamente em silêncio. Que fim teve o caso da rena que se livrou do toco de madeira? No caminho, ouvi histórias instrutivas de como às vezes é preciso procurar por três dias as renas fugitivas.

Não! Estão trazendo!

Primeiro pegaram todas as renas, exceto a "liberta". Esta vagou por aí e não se rendeu a nenhuma bajulação. Depois, ela mesma se aproximou das renas capturadas, ficou entre elas e enfiou o focinho na neve. Nikífor deslizou até a liberta e a agarrou pela pata. Ela arrancou, caiu e fez o homem cair. Mas não sabia com quem tinha se metido! Nikífor saiu vencedor.

•

Por volta das dez horas da manhã chegamos a Sou-vada. Três iurtas tapadas com tábuas de madeira, apenas uma habitada. Uma enorme carcaça de alce fêmea jaz sobre uma pilha de lenha; um pouco adiante, uma rena selvagem retalhada; pedaços azulados de carne estavam no telhado cheio de fuligem, e, no meio deles, dois filhotes de alce extirpados do ventre materno. Todos os moradores da iurta estavam bêbados e dormiam lado a lado. Ninguém retribuiu a nossa saudação. A isbá era grande, mas incrivelmente suja, sem nenhum móvel. Na janela, lascas de gelo presas com pedaços de pau pelo lado de fora. Na parede, os doze apóstolos, os retratos de todos os tsares e o cartaz de uma fábrica de borracha.

O próprio Nikífor acendeu o fogo na lareira. Depois uma ostíaca levantou-se cambaleante pela bebida. Junto a ela dormiam três crianças, uma delas bebê de colo. Nos últimos dias, os donos tiveram uma boa caça. Além do alce, capturaram sete renas selvagens; seis carcaças ainda jazem na floresta.

— Por que há tantas iurtas vazias por aqui? — pergunto a Nikífor quando saímos de Sou-vada.

— Por várias razões... Se alguém morre na isbá, o ostíaco não vive mais nela: ou vende, ou tapa, ou muda para outro terreno. O mesmo acontece se uma mulher impura se meter lá dentro: então, acabou-se, muda-se de isbá. Nesses momentos, as mulheres vivem sós, em choças separadas... E também porque morrem muitos ostíacos... Daí as iurtas ficam vazias.

— Ouça, Nikífor Ivánovitch, a partir de agora não diga mais que sou comerciante... Assim que chegarmos às usinas de mineração, o senhor vai dizer que sou um engenheiro da expedição de Goethe.[12] Ouviu falar dessa expedição?

— Não, nada.

— Bem, veja, há um projeto de construção de uma estrada de ferro de Obdorsk até o Oceano Ártico para que

---

12   Referência a Piotr Ernestovitch von Goethe, engenheiro e conselheiro de Estado russo. Coordenou a construção da estrada Ekaterinburg-Tiumén. A expedição sob sua liderança chegou a Obdorsk em 13 de março de 1900. [N.T.]

as mercadorias siberianas possam ser exportadas em navios a vapor de lá direto para o exterior. Então o senhor vai dizer que eu estive em Obdorsk por isso.

O dia estava terminando. Até Ívdel faltavam menos de cinquenta verstas. Chegamos às iurtas dos vogul de Oika-paul. Pedi a Nikífor que entrasse na isbá para investigar. Ele voltou depois de uns dez minutos. Parece que a isbá estava cheia de gente. Todo mundo bêbado. Os vogul locais bebiam com os ostíacos que levavam a bagagem de um mercador para Niaksimvol. Recusei-me a entrar na isbá por medo de que Nikífor acabasse enchendo a cara. "Não vou beber", tranquilizou-me, "só vou comprar uma garrafinha para a estrada."

Um mujique alto aproximou-se de nossa *kochevá* e começou a perguntar a Nikífor algo em língua ostíaca. Não entendi a conversa, até que de ambos os lados se ouviram enérgicas saudações num russo impecável. O homem não estava de todo sóbrio. Nikífor, que fora à iurta obter ajuda, também conseguiu perder, nesse curto intervalo de tempo, o equilíbrio necessário. Eu me meti na conversa.

— O que ele quer? — perguntei a Nikífor, tomando seu interlocutor por um ostíaco. Mas este respondeu por si mesmo: dirigira-se a Nikífor com uma pergunta habitual, quem éramos e aonde íamos. Nikífor mandou-o para o inferno, e isso serviu de base para a troca de ideias que se seguiu.

— Mas o senhor é o que, afinal? Ostíaco ou russo? — era minha vez de perguntar.

— Russo, russo... Sou Chiropanov, de Niaksimvol. E o senhor não seria da empresa de Goethe, por acaso? — ele me perguntou.

Fiquei espantado.

— Sim, da companhia de Goethe. E como o senhor sabe?

— Convidaram-me de Tobolsk para ir lá, quando seguiram para a primeira prospecção. Havia um inglês, um engenheiro... Charles Williamovitch... o sobrenome não lembro...

— Putman? — sugeri ao acaso.

— Putman? Não, Putman não... Tinha uma Putmanova, mas o marido se chamava Kruze.

— E agora, o que o senhor está fazendo?

— Trabalho para os Chulguin em Niaksimvol, estamos transportando a carga deles. Só que estou doente há três dias, o corpo dói todo...

Eu lhe ofereci medicamentos. Tivemos de entrar na iurta.

•

O fogo consumia-se na lareira e ninguém se preocupava, estava quase totalmente escuro. A isbá estava lotada. Tinha gente sentada nos beliches, no chão, de pé. Ao verem os forasteiros, as mulheres, como de costume, cobriram o rosto com um lenço. Acendi uma vela e dei um pouco de salicilato de sódio a Chiropanov. Imediatamente, os bêbados e meio bêbados ostíacos e vogul cercaram-me por todos os lados, queixando-se de suas doenças. Chiropanov traduzia, e eu, de boa-fé, dava a todos os doentes quinino e salicilato de sódio.

— É verdade que você mora lá onde vive o tsar? — perguntou-me em russo capenga um vogul velho, mirrado e de baixa estatura.

— Sim, em Petersburgo — respondi.

— Fui ao desfile, vi todos, vi o tsar, vi o chefe de polícia, vi o grão-príncipe.

— Levaram vocês a uma delegação? Em trajes nacionais?

— Sim, sim, sim — todos agitaram a cabeça afirmativamente. — Na época eu era mais jovem, mais forte... Agora estou velho, doente...

Também lhe dei medicamentos. Os ostíacos ficaram muito contentes comigo: apertaram minhas mãos, imploraram, pela milésima vez, para que eu bebesse vodca e ficaram muito chateados com as minhas recusas. Nikífor estava sentado junto à lareira, bebendo uma xícara atrás da outra, alternando chá e vodca. Lancei-lhe um olhar significativo, várias vezes, mas ele fitava a xícara, fingindo não notar. Tive de esperar que Nikífor terminasse seu "chá".

— Estamos vindo de Ívdel, três jornadas de 45 verstas: os ostíacos bebem o tempo todo. Em Ívdel, paramos na casa de Mitri Mitritch Lialin. Um homem muito bom. Ele trouxe novos livros das usinas de mineração, o *Almanaque Popular* e um jornal também. O almanaque, por exemplo, mostra exatamente quem ganha quanto de salário: quem ganha 200 mil e quem ganha 150. Para que, eu lhe pergunto? Não admito nada disso. Eu não o conheço, senhor, mas lhe digo sem rodeios: eu... não preciso... não quero... não tem por quê... No dia 20 a Duma se reuniu; esta será ainda melhor que a anterior. Veremos... veremos o que farão os senhores socialistas...[13] São 50 socialistas, 150 *naródniki*, 100 *kadets*... Os centúrias são muito poucos.

— E o senhor simpatiza com qual partido, se é que posso saber? — perguntei.

— Sou um social-democrata por convicção, pois a social-democracia vê tudo do ponto de vista de uma base científica.

Esfreguei os olhos. A taiga remota, a iurta imunda, os vogul bêbados e o administrador de um *kulák* qualquer se declara social-democrata graças à "base científica". Confesso que senti uma onda de orgulho partidário.

— O senhor está perdendo tempo neste local remoto com esses bêbados — lamento com sinceridade.

— O que posso fazer? Antes eu servia em Barnaul, depois fiquei sem posto. Tenho família. Tivemos de vir para cá. Mas, quando em terra de lobos, faça como os lobos. Então me recusei a ir com a expedição de Goethe, mas agora iria com prazer. Se precisarem de algo, escreva-me.

Fiquei constrangido e tive vontade de confessar que não era nem engenheiro nem membro da expedição, e sim um "socialista" fugitivo, mas penso melhor e me contenho.

---

13 Referência aos sociais-democratas. [N.T.]

É hora de nos acomodarmos nos trenós. Os vogul cercaram-nos no pátio com a vela que eu lhes dera de presente acesa. Estava tudo tão calmo que a vela não apagou. Despedimo-nos muitas vezes, um jovem ostíaco até tentou beijar minha mão. Chiropanov trouxe uma pele de rena selvagem de presente e a colocou na minha *kochevá*. Ele recusou terminantemente qualquer pagamento, e acabamos lhe dando uma garrafa de rum, que eu trazia "por via das dúvidas". Por fim, partimos.

•

Nikífor voltou a tagarelar. Ele me contou pela milésima vez como estava sentado com o irmão e, então, chegou Nikita Serapiônovitch[14] – "um mujique esperto!" –, e como ele, Nikífor, primeiro recusou, e como o cabo Suslikov lhe dera cinco *tselkovi* e dissera "leve!", e como o tio Mikhail Egoritch – "um bom mujique!" – lhe dissera: "Seu imbecil! Por que não disse logo que estava levando esse sujeito?"... Assim que terminava, Nikífor começava tudo de novo: "Agora vou me abrir com o senhor... Estava sentado na casa de meu irmão, Pantelei Ivánovitch, não estava bêbado, só um pouco alegre, como agora. Bem, tanto faz, estava lá sentado. De repente, ouço chegar Nikita Serapiônovitch...".

— Olha aí, Nikífor, já estamos chegando. Obrigado! Nunca esquecerei os seus esforços. Se eu pudesse, publi-

---

14 Trata-se de Nikita Serapiônitch, já mencionado antes. Serapiônitch é a forma reduzida do patronímico Serapiônovitch, denotando menor formalidade no tratamento. [N.T.]

caria em todos os jornais: "Agradeço humildemente a Nikífor Ivánovitch Khrenov; sem ele nunca teria saído dessa".

— E por que não pode?

— E a polícia?

— Sim, é verdade. Mas seria bom. Já apareci no jornal uma vez.

— Como?

— Foi assim. Um mercador de Obdorsk se apossou do capital da irmã, e eu, preciso dizer a verdade, dei uma mão. Uma mão não, mas assim... dei uma assistência. Pois eu lhe digo, se você tem dinheiro, quer dizer que Deus lhe deu. Certo?

— Bem, não exatamente.

— Muito bem... Ou seja, dei assistência. Ninguém ficou sabendo, só um sujeito, Piotr Petróvitch Vakhlakov. Um vigarista! Ele foi e publicou no jornal: "Um ladrão, o mercador Adriánov, roubou, e um outro ladrão, Nikífor Khrenov, ajudou a encobrir tudo". Isso mesmo, foi publicado assim.

— Mas o senhor deveria levá-lo ao tribunal por calúnia! — aconselhei Nikífor. — Um de nossos ministros, talvez o senhor tenha ouvido falar dele, Gurko, roubou ou ajudou a roubar alguma coisa, mas quando foi pego acusou a todos de calúnia![15] O senhor deveria...

— Eu até queria! Mas não dá: ele é meu melhor amigo... Não fez por maldade, foi brincadeira. É um bom mujique,

---

15 No início de 1907, vazaram os detalhes de uma negociação de fundos públicos entre o vice-ministro do Interior, Vladímir I. Gurko, e o especulador Eric Livdal, por meio de um contrato do ano anterior des-

pau pra toda obra. Em uma palavra, vou lhe dizer: não é um homem, mas uma lista de preços!...

•

Às quatro horas da manhã, chegamos a Ívdel. Paramos na casa de Dmitri Dmitrievitch Lialin, que Chiropanov me recomendara como um *naródnik*. Ele revelou-se uma pessoa cordial e amável, a quem tenho o prazer de expressar nestas linhas minha mais sincera gratidão.

— Levamos uma vida tranquila aqui — contava-me enquanto preparava o samovar. — Nem mesmo a revolução nos atingiu. É claro que os últimos acontecimentos nos interessam, nós os acompanhamos pelos jornais, simpatizamos com o movimento progressista, votamos na esquerda para a Duma, mas a revolução não nos comoveu. Nas fábricas e nas minas houve greves e manifestações. Mas nós vivemos tranquilos, nem polícia temos, além do *uriádnik* dos Urais... O telégrafo só começa nas fábricas Bogoslóvski, ferrovia a mesma coisa, fica a umas 130 verstas daqui... Exilados? Sim, há alguns: três livonianos, um professor, um artista de circo. Todos trabalham na draga, não têm necessidades especiais. Também vivem tranquilos, como nós de Ívdel. Procuramos ouro, à noite um passa na casa do outro... Daqui o senhor pode ir até Rudniki sem hesitar, ninguém vai pará-lo: pode viajar no trem postal ou contratar alguém livre. Vou lhe arranjar um cocheiro.

---

tinado a prover cereais a populações que padeciam de fome e escassez. O descontentamento traduziu-se numa grande queda da direita na eleição da segunda Duma. [N.E.]

Despedi-me de Nikífor. Ele mal se segurava em pé.

— Veja bem, Nikífor Ivánovitch — disse-lhe —, que o vinho não te arruíne o caminho de volta.

— Que nada. Barriga cheia, cara alegre — ele me respondeu na despedida.

•

Aqui termina a etapa "heroica" da história da minha fuga: atravessar em renas as setecentas, oitocentas verstas da taiga e da tundra. Mesmo em sua parte mais arriscada, a fuga revelou-se, graças a felizes circunstâncias, muito mais simples e prosaica do que eu mesmo imaginava quando ela ainda era um projeto, e – a julgar por alguns relatos de jornal – do que outras pessoas imaginavam também. O restante da viagem não se pareceu em nada com uma fuga. Percorri boa parte do caminho até Rudniki em uma *kochevá* com um cobrador de impostos que inspecionava as tavernas da estrada.

Em Rudniki, fiz umas visitas para verificar o quão seguro seria pegar um trem. Os conspiradores locais amedrontaram-me muito com os relatos de espionagem dali e me aconselharam a esperar uma semana para, então, partir com o comboio em direção a Solikamsk, onde a princípio tudo seria mais seguro. Não segui tais conselhos e não me arrependo. Na noite de 25 de fevereiro, sem nenhuma dificuldade, sentei-me num vagão do caminho de ferro de via estreita nas imediações de Rudniki e, depois de um dia de viagem lenta, fiz baldeação na estação Kuchva para o trem da ferrovia de Perm. Então, atravessei

Perm, Viatka e Vólogda e cheguei a Petersburgo na noite de 2 de março. Assim, tive de viajar doze dias para ter a oportunidade de cruzar a avenida Niévski[16] de carruagem. Não é muito tempo: a "ida" tinha levado um mês.

Enquanto viajava pelas estradas dos Urais, minha situação ainda não estava resolvida: nessas paragens, onde se nota qualquer "forasteiro", eu poderia ser preso em cada estação, bastaria uma mensagem telegráfica de Tobolsk. Porém, quando no dia seguinte me vi num confortável vagão da ferrovia de Perm, logo percebi que tinha vencido. O trem passava pelas mesmas estações onde havíamos sido recebidos recentemente com tanta solenidade pelos gendarmes, guardas e *uriádniki*. Mas, desta vez, meu caminho seguia numa direção totalmente diferente, e eu viajava com sentimentos totalmente diferentes também. Nos primeiros instantes, o vagão espaçoso e quase vazio pareceu-me apertado e abafado. Saí para a plataforma onde o vento soprava e estava escuro, e do meu peito escapou involuntariamente um grito alto de alegria e liberdade!

E o trem da ferrovia Perm-Kotlas levava-me adiante, adiante, sempre adiante...

---

16 Principal avenida da cidade de São Petersburgo. [N.T.]

Coda

O REENCONTRO COM NATÁLIA SEDOVA TAL COMO O NARRA TRÓTSKI EM SUA AUTOBIOGRAFIA *MINHA VIDA*, CAP. XV.

Numa das paradas mais próximas [do trem da linha de Perm], telegrafei à minha esposa, que estava na estação onde os dois trens se cruzavam. Ela não esperava por esse telegrama, ao menos não tão cedo. Não é de se admirar. Nosso caminho até Beriózov durou mais de um mês. Os jornais de Petersburgo estavam cheios de descrições de nosso avanço para o Norte. A correspondência continuava a chegar. Todos achavam que eu estava a caminho de Obdorsk. No entanto, fiz todo o percurso de volta em onze dias. É claro que o encontro comigo em Petersburgo deve ter parecido inacreditável para a minha esposa. Melhor assim: o encontro, de fato, aconteceu.

Eis como narram as memórias de N. I. Sedova:

Quando recebi o telegrama em Terioki, um povoado finlandês perto de Petersburgo, onde eu estava completamente sozinha com meu filho pequeno [Liev Sedov, Liova], não pude conter a alegria e a emoção. No mesmo dia, tinha recebido uma longa carta de L. D. [Liev Davídovitch, Trótski] escrita ao longo do caminho, na qual, além da descrição da viagem, me pedia para levar-lhe livros quando eu fosse a Obdorsk e uma série de coisas necessárias no Norte. Parecia que ele, de repente, mudara de ideia e, de algum modo incompreensível, corria de volta e marcava um encontro na estação onde os trens se cruzam. Mas surpreendentemente o texto do telegrama não mencionava o nome da estação. Na manhã seguinte, vou a Petersburgo tentar descobrir por meio do guia ferroviário para qual estação exatamente eu deveria comprar o bilhete. Não me atrevo a fazer perguntas e vou embora sem descobrir o nome da estação. Compro um bilhete para Viatka, saio à noite. O vagão está cheio de proprietários de terras retornando de Petersburgo com compras gastronômicas para suas propriedades, a fim de celebrar a Máslenitsa; as conversas são sobre *blini*, caviar, esturjão defumado, vinhos etc. Suportava com dificuldade essas conversas, ansiosa com o encontro iminente, atormentada com a ideia de possíveis contratempos... E, mesmo assim, tinha na alma a certeza de que o encontro aconteceria. Mal pude esperar o amanhecer, quando o próximo trem deveria chegar à estação de Samino: só no caminho soube seu nome e o guardei na memória pelo resto da vida. Os trens pararam: o meu e o que vinha na direção contrária. Saí correndo para a estação – não havia ninguém. Saltei para o trem que se aproximava, atravessei os vagões em terrível desespero, não e não – e, de repente, vi numa das cabines o casaco de pele de L. D. –, isso quer dizer que ele está aqui, aqui, mas onde? Saltei do vagão e, imediatamente, deparei com L. D., que saíra correndo para a estação de trem a me procurar. Ficou indignado com a distorção do telegrama e queria criar um caso por isso. Quase não consegui dissuadi-lo. Quando me enviou o telegrama, estava ciente, é claro, de que os gendarmes poderiam ir a seu encontro em vez de mim, mas achou que seria mais fácil ocultar-se comigo em Petersburgo e contava com a boa sorte. Sentamo-nos na cabine e prosseguimos a viagem juntos. Fiquei impressionada com a liberdade e a facilidade com que L. D. se comportava, rindo e falando alto no vagão e na estação de trem. Eu queria torná-lo completamente invisível, escondê-lo bem; afinal a fuga o colocava sob a ameaça dos trabalhos forçados. Mas ele ficava à vista de todos e dizia que essa era a proteção mais confiável.[1]

Da estação, fomos diretamente para a Escola de Artilharia, ao encontro de nossos amigos fiéis. Nunca vi pessoas tão impressionadas como a família do doutor Litkens. Eu estava numa grande sala de jantar, todos olhavam para mim sem conseguir respirar, como se eu fosse um fantasma. Depois dos longos abraços, recomeçaram as exclamações de surpresa, e ninguém conseguia acreditar ainda.

---

[1] Este relato também consta, com variações, de *Vida e morte de Leon Trótski*, que Natália Sedova escreveu em colaboração com Victor Serge entre 1946 e 1947. [N. E.]

Glossário

ARCHIN antiga unidade de medida de comprimento russa equivalente a 71,1 cm.

BLINI panqueca russa muito consumida durante a Máslenitsa, como símbolo de regresso do sol, por seu formato redondo e sua coloração dourada.

CHANGUIS prato das culinárias russa, mari, udmurt e ziriana. Espécie de pão achatado preparado sem fermento, geralmente salgado e com alguma cobertura.

DATCHA casa típica usada pelos russos para passar as férias.

GUS robusto casaco de pele de rena, com capuz, usado sobre a malitsa em condições de frio extremo.

ISBÁ granja, pequena unidade de produção rural. Trótski destaca o tipo de construção permanente, em comparação com as dos povos nômades.

ISPRÁVNIK cargo criado por Catarina II em 1775, o *isprávnik* era chefe da polícia do distrito (*uezd*) e estava subordinado ao governador na Rússia tsarista.

IURTAS casas utilizadas pelos povos nômades das estepes da Ásia Central, tendas circulares fáceis de montar, desmontar e transportar.

KADETS membros do Partido Constitucional Democrata (Konstitutsionno-Demokraticheskaya Partiya), assim nomeados devido às iniciais KD.

KIBITKAS espécie de iurta dos povos nômades cazaques e quirguizes do final do século XIX.

KISSI botas típicas dos povos indígenas do extremo Norte da Rússia.

KOCHEVÁ trenó largo e comprido com encosto alto, estofado com feltro.

KULÁK literalmente "punho", termo pejorativo em referência ao camponês rico que empregava outros camponeses contratados num regime de exploração.

LIVONIANOS oriundos da Livônia, antigo território correspondente às atuais Letônia e Estônia.

MALITSA longos casacos, típicos dos povos do extremo norte, feitos de pele de rena, forrados com pelo, equipados com capuz e luvas.

MANSI povo indígena da província de Tiumén.

MÁSLENITSA festa popular russa de origem pagã, celebrada sete semanas antes da Páscoa.

NARÓDNIKI populistas, membros da elite urbana russa que, no século XIX, buscaram a vida no campo e a adesão dos camponeses a um ideal romântico inspirado por Jean-Jacques Rousseau e Aleksandr Ivánovitch Herzen.

NARTI trenós de bagagem, longos e estreitos, puxados por cães, renas ou pessoas.

OSTÍACOS povo indígena da bacia do rio Ob, no ocidente da Sibéria.

PELMENI massa recheada com carne.

PÍMI botas de pele de rena e lã ou feltro usadas pelos povos do extremo norte da Rússia.

POMPADOUR termo para designar burocratas administradores locais. Ficou popular no texto *Os Pompadour* (1873) de Mikhail Saltykov-Schedrin.

PRÍSTAV comandante de polícia.

PUD antiga unidade de medida russa equivalente a cerca de 16 kg.

RASKÓLNIK velho crente. Termo referente à religião, quando houve uma ruptura entre os que aderiram às reformas do patriarca Nikon [1605-81] e os que se opuseram a elas e mantiveram a antiga liturgia.

TCHELDONS descendentes dos primeiros migrantes russos da Sibéria. Desde o último terço do século XIX, consideravam-se habitantes profundamente enraizados – precisamente, *tcheldon* – em comparação com os "recém-chegados".

TCHETVERT antiga unidade de medida russa equivalente a 17,78 cm.

TCHUM tenda em forma de cone, constituída de longas varas de madeira e coberta de peles de rena, usada pelos povos nômades.

TSELKOVI antiga moeda de prata equivalente a um rublo.

UEZD antiga divisão administrativa do Império Russo.

URIÁDNIK baixa patente da polícia distrital.

VERCHOKS antiga unidade de medida russa, equivalente a 4,4 cm.

VERSTA medida russa que equivale a pouco mais de 1 km, 1.066,8 m.

VOGUL antigo nome da etnia indígena mansi, de origem fino-úgrica, que vive na província de Tiumén, no oeste da Sibéria.

VÓLOST menor unidade da divisão administrativo-territorial da Rússia.

ZEMSTVO assembleia territorial responsável pela administração local entre 1864 e 1917.

ZIRIANOS atualmente designados "komi", nativos da República Autônoma dos Komi, habitantes da parte nordeste dos Montes Urais, na Rússia.

Sobre o autor

Liev Davídovitch Bronstein nasceu em 1879 em Ianovka, atual Bereslavka, localizada onde hoje é a Ucrânia. Proveniente de uma família judaica de agricultores bem-sucedidos mas analfabetos, mudou-se ainda criança para Odessa, onde recebeu educação de um sobrinho de seu pai. Em 1900 foi preso pelo regime tsarista e deportado pela primeira vez para a Sibéria, por lutar, já sob influência dos ideais socialistas, por melhores condições aos prisioneiros políticos. Em 1902, após ler um texto de Vladímir Lênin no periódico *Iskra*, fugiu do degredo, deixando, em comum acordo, sua primeira mulher, a marxista Aleksandra Sokolóvskaia, e as duas filhas para se juntar à revolução. Durante essa fuga, adotou o nome Trótski.

Com uma escrita fluente, passou a colaborar com o *Iskra*, dirigido por Lênin, com quem logo se reuniria em Londres. Ao visitar Paris, conheceu sua segunda esposa, a também militante Natália Sedova, que estudava história da arte na Sorbonne. Em 1905, por ocasião do Domingo Sangrento, Trótski voltou à Rússia, onde assumiu a liderança do primeiro Soviete de Delegados Operários, sendo em seguida preso e novamente deportado, nas circunstâncias narradas neste *Fuga da Sibéria*.

Nos anos que se seguiram, junto com Sedova e os dois filhos do casal, refugiou-se em diversos países europeus e nos Estados Unidos, dedicando-se à escrita. Retornou à

Trótski na prisão, antes de ser deportado
para a Sibéria, c. 1906. © AKG images/Fotoarena

Rússia apenas em 1917, quando se reaproximou de Lênin e participou da liderança da vitoriosa Revolução de Outubro, por meio da qual os bolcheviques assumiram o poder. Trótski fundou o Exército Vermelho, exercendo o cargo de Comissário do Povo de 1917 até a morte de Lênin, em 1924. A partir daí, dá-se uma disputa de poder que leva à ascensão deIóssif Stálin, opositor declarado de Trótski. Stálin transformaria Trótski em *persona non grata*, perseguindo-o e finalmente conseguindo assassiná-lo em 1940, por meio de um de seus agentes, na Cidade do México.

TÍTULOS ORIGINAIS: Троцкий, Лев Давидович. *Туда и обратно*: [*воспоминания*]. Н. Троцкий. СПб: Шиповник, 1907.
León Trotsky. *La fuga de Siberia en un trineo de renos*. Ciudad Autónoma de Buenos Aires: Siglo XXI, 2022.
© edição, Horacio Tarcus para Siglo XXI
© apresentação, Leonardo Padura, 2021
© Ubu Editora, 2023

1ª reimpressão, 2024.

IMAGENS (CAPA E MIOLO) Expedição do linguista e etnógrafo Kai Donner na Sibéria, 1913 © Finnish Heritage Agency / Coleção Yleisetnografinen kuvakokoelma Suomalais-Ugrilaisen Seuran kokoelma.

EDIÇÃO DE TEXTO Bibiana Leme
PREPARAÇÃO Paula Queiroz
REVISÃO Thaisa Burani
TRATAMENTO DE IMAGEM Carlos Mesquita
PRODUÇÃO GRÁFICA Marina Ambrasas

EQUIPE UBU
DIREÇÃO EDITORIAL Florencia Ferrari
COORDENAÇÃO GERAL Isabela Sanches
DIREÇÃO DE ARTE Elaine Ramos; Júlia Paccola e
    Nikolas Suguiyama (assistentes)
EDITORIAL Bibiana Leme e Gabriela Naigeborin
COMERCIAL Luciana Mazolini e Anna Fournier
COMUNICAÇÃO/CIRCUITO UBU Maria Chiaretti e Walmir Lacerda
DESIGN DE COMUNICAÇÃO Marco Christini
GESTÃO CIRCUITO UBU/SITE Laís Matias
ATENDIMENTO Cinthya Moreira

UBU EDITORA
Largo do Arouche 161 sobreloja 2
01219 011 São Paulo SP
ubueditora.com.br
professor@ubueditora.com.br
/ubueditora

Dados Internacionais de Catalogação na Publicação (CIP)
Elaborado por Vagner Rodolfo da Silva – CRB-8/9410

T858f Trótski, Liev [1879–1940]

   Fuga da Sibéria / Liev Trótski; Título original: *Tudá i obrátno* / traduzido por Letícia Mei; apresentação: Leonardo Padura; edição: Horacio Tarcus.
   São Paulo: Ubu Editora, 2023. 160 pp.

   ISBN 978 85 7126 138 9

1. Literatura russa. 2. Relato de viagem. 3. Revolução russa.
I. Mei, Letícia. II. Título.

2023–3117   CDD 891.7   CDU 821.161.1

Índice para catálogo sistemático:
1. Literatura russa 891.7
2. Literatura russa 821.161.1

FONTES
ABC Maxi Round e Trivia Humanist
PAPEL
Pólen bold 70 g/m²
IMPRESSÃO
Margraf